キャロル・モーティマー・コレクション

ウェイド一族

ハーレクイン・マスターピース
東京・ロンドン・トロント・パリ・ニューヨーク・アムステルダム
ハンブルク・ストックホルム・ミラノ・シドニー・マドリッド・ワルシャワ
ブダペスト・リオデジャネイロ・ルクセンブルク・フリブール・ムンバイ

THE WADE DYNASTY

by Carole Mortimer

Published by Harlequin Japan,
a Division of K.K. HarperCollins Japan, 2025

キャロル・モーティマー

ハーレクイン・シリーズでもっとも愛され、人気のある作家の一人。14歳の頃からロマンス小説に傾倒し、アン・メイザーに感銘を受けて作家になることを決意。コンピューター関連の仕事の合間に小説を書くようになり、1978年に見事デビューを果たす。以来、数多くの作品を生み続け、2015年にはアメリカロマンス作家協会から、その功績を称える功労賞を授与された。エリザベス女王からも目覚ましい活躍を認められている。

主要登場人物

ブレナ・ジョーダン……………童話のさし絵画家。
アンドリュー・ジョーダン………ブレナの実父。
レスリー・ウェイド………………ブレナの姉。
グラント・ウェイド………………ブレナの義兄。レスリーの夫。
ネイサン・ウェイド………………ブレナの義兄。グラントの兄。
パトリック・ウェイド……………ブレナの継父。ネイサンとグラントの父。故人。
ミンディ・フレッチャー…………ウェイド家の家政婦。
キャロリン・フランク……………ブレナの友人。童話作家。
ニック・バンクロフト……………キャロリンの婚約者。

1

のさっきの声からすると、今は向こうも敵を前にした気分らしい。

それにしても、どうして今ごろ会いに来たのかしら。わたしが家出してから――いいえ、ネイサンから逃げ出してから一年以上にもなるのに。ブレナは去年の春の復活祭のとき、まるで、悪魔から逃げ出すようにしてイギリスに戻ってきた。初めてネイサンに会ったときも、この男は悪魔の仲間ではないかと思ったものだ。色あせたジーンズが彼の細く締まった腰にはりつき、ほこりまみれの黒シャツがたくましい胸にぴったりしていた。やはりほこりまみれの黒いカウボーイハットを目深にかぶり、ネイサンは射るような目でブレナを見た。魂まで探ってくる目だった。

ネイサンに会うまで、ブレナはテレビや映画の中でしか、カウボーイを見たことがなかった。そこでは、白のカウボーイハットをかぶっているのが善人

「たとえば、きみをもう愛していないと言ったら、家出をやめてカナダの家に帰ってくれるかい？」

ブレナは岩に腰かけたまま、ショックで凍りついたように なった。頭上を飛ぶかもめの鳴き声さえ耳に入らない。この若い娘は、つい今しがたまで、真夏の緑灰色のアイルランド海をかもめが舞う美しい風景をスケッチしていた。

ネイサンの声だわ。ブレナは彼のどんな声の調子も知っていた。カナダなまりの張りのある声が、今はかすかにあざけりの調子を帯びている。ブレナにとって、彼は兄であり敵であり傲慢《ごうまん》このうえない男だったが、最後は恋人として別れたのだ。ネイサン

で、黒いのをかぶっているほうは悪人に決まっていた。けれど、たとえネイサンが黒のカウボーイハットをかぶっていなくても、ブレナには彼が悪人の側だとわかっただろう。ブレナは一目見て思った。この男が前世紀に生まれていたら、きっと無法者のガンマンになっていたにちがいない。しかし、現代に生まれたおかげで、ネイサンはカナダの牧場主におさまっている。ウェイド家は彼の祖父の代のとき、広大なアメリカからさらに広々とした隣国に移住し、今やたいへんな実力者になっている。

そのうえ、ネイサンはウェイド一族の繁栄のためなら、ブレナを自分のものにしようとさえした。弟がブレナの姉と結婚しただけでは足りずに……。ブレナの姉のレスリーは、初めての出産を二カ月後にひかえている。

疑うことを知らないものに、運命はなぜ不意打ちを食らわせるのだろう。ブレナは十二歳まで、姉と離婚した母のアンナといっしょに、イギリスで幸せに暮らしていた。無責任な父親の不在には、ほとんど気がつきもしないで。父親のアンドリュー・ジョーダンは、家族を顧みないだらしのない男だったので、当時まだローティーンのブレナとレスリーにとって、両親の離婚は印象の薄いものだった。どっちみち、父親はめったに家にいなかったからだ。しかし、その約一年後に、パトリック・ウェイドが現れたときは、ことはそうやすやすとは運ばなかった。この金持の牧場主は、カナダのカルガリーにある彼の牧場に、アンナと二人の娘に来てもらいたいと言ったのだ。

このときアンドリュー・ジョーダンは、おそらく生まれて初めて自分の意思を主張した。二人の娘はどこにもやらないと!

アンドリューにもう少しパトリック・ウェイドのことがわかっていたら、この荒削りだがハンサムな男が、何事も自分の思いどおりにし、ほしいものは必ず手に入れるということに気がついただろう。パトリックは、アンナと二人の娘をカナダに連れ去った。

　こうしてブレナとレスリーには、尊大きわまりない義理の兄弟ができた。ネイサンとグラントは、それぞれ二十六歳と二十三歳の大人の男だったので、新しく家族になった二人のイギリス人の少女にあまり優しくなれなかったのかもしれない。

　ずっとあのままだったら、どんなによかっただろう、とブレナは思った。

　だが、グラントとレスリーは四年前、突然恋に落ちた。ブレナはウェイド家の人間はだれも信用していなかったので、姉の恋が裏切り行為のように思えた。そして、去年の復活祭のとき、ブレナはネイサンに結婚を申し込まれ、あわてて遠くに逃げ出したのだ。しかし、その逃亡もどうやら終わりらしい。ネイサンのことばに偽りがなければ、わたしとの結婚はやめにしたということ。もっとも、ネイサンは愛のために結婚しようとしたのではないけれど。

　イングランドの北西海岸に広がる静かな海を、ブレナはもう一度だけ名残惜しそうに見た。ネイサンは相変わらず後ろの崖《がけ》の上に立っている。ブレナは崖の下までおりて、つき出た岩に腰かけ、スケッチをしていた。ごつごつした野性的な景色に心を奪われ、ひとりで人目につかない海岸にいても寂しくなかった。ブレナはイギリスのすべてが大好きだ。四年前、大学進学のためにロンドンの空港におりたとたん、カナダで六年間も暮らしてたのに、故郷に帰ってきたとひしひし感じた。カナダに戻るつもりはない。わたしはカナダの人間ではないのだから。

　ブレナはスケッチブックをのせたままひざを立てた。残念だけど、この絵は仕上げられそうもない。そばにおいてあった革製の袋のチャックをあけ、気をつけて絵の道具をしまう。ひさしぶりにネイサンの顔を見るからといって、急いでかたづけることはない。

「ブレナ！」

ネイサンの声は厳しく、からかう調子はもうない。ネイサンの断固とした性格のうらには短気な面があり、これ以上は我慢できないぞと警告していた。

振り返ってネイサンの顔を見るしかないわ。でないと、彼はここまでおりてくるにちがいない。ブレナは覚悟を決め、ゆっくりと立ち上がった。ほっそりした小柄な体を、ぴちっとしたジーンズと緑色のTシャツにつつみ、背中に垂らした黒髪は乱れてくしゃくしゃになっている。濃いエメラルド色の瞳がネイサンをさがした。覚悟していたのに、崖に立つ細身の姿を見てはっとした。ネイサンは真昼の太陽を背にしていたので、シルエットしかわからなかったが、それだけで充分だった。

ブレナは身を震わせて息をのみ、アーモンド形の目をしばたたく。その目を扇形にふちどる黒く濃いまつげがほおに影を落とす。明るい日差しに目が慣れたので、今度はもう少しはっきり見ることができた。ネイサンの険しく端整な顔立ちは忘れようもない。ブレナと同じ黒髪に冷ややかなグレーの目。ほお骨が高く鼻すじが通っているので、インディアンの血を引いているのかと思うほどだ。くっきりした口もとはめったに笑うことがなく、皮肉な笑みを浮かべるのがせいぜいだ。そして、角張ったあごは傲慢な性格をはっきりと示していた。ネイサンは黒のウエスタン・スーツを着ていたが、八月の暑い日なので上着は指一本で肩にかけ、黒と白のチェックのシャツは、いつものようにぴったりしている。道路から海岸まで歩いてきたため、黒いブーツは少しほこりをかぶっていた。ネイサンは一メートル八十五はある長身なので、ブレナより三十センチ近く背が高いわけだが、今はその三倍も大きく見える。

ブレナがネイサンを観察しているあいだ、同じように彼もじっとブレナを見つめていた。ブレナの挑むような視線に、ネイサンは目を細めた。

去年の春、空港で別れてから、わたしはどこか変わったかしら？　ネイサンはちっとも変わっていないわ、相変わらず人を寄せつけないようす。わたしもほとんど変わっていないはずよ、髪が前より長くなった以外は。ブレナの髪は腰に届きそうなほどで、流行遅れかもしれないが彼女の自慢の種だ。背にした海からそよ風が吹くたび、卵形の小さな顔のまわりで、軽いウェーブのある髪が揺れる。

「家出じゃないわ」ブレナはきつい調子で言い返して気がついた。いやだわ、けんか腰になるなんて。ネイサンの前だと、いつも身がまえてしまう。一年以上も会わなかったのに、それは変わっていなかった。「だいいち、今いるところで満足よ」とつけ加え、ブレナの家はカナダにあるというネイサンのことばをつっぱねた。

それをネイサンは文字どおりの意味で受けとることに決めたようだ。ブレナが岩の上にあぶなっかしく立っているのを、眉を上げてわざとらしく見た。

「今いるところより、こっちに来たほうがよさそうだ」ネイサンはブレナが上がってくるのを助けようと手をさしのべる。

その手を、ブレナはかま首をもたげたへびを見るように見た。ネイサンの体にはふれたくない。そこで、手をとるかわりに革の袋を押しつけ、崖をよじのぼって手についた土を払いながらふと気がついた。ぺったんこの靴をはいているので、ネイサンの肩まででしか背が届かない。うんざりだわ、十二歳のころに逆戻りしたみたい。

ブレナはネイサンに近寄らないようにして仰ぎ見た。「ここにいることがどうしてわかったの？」

「きみが泊まっているコテージに行ったら、友だちが教えてくれたのさ」ネイサンは食い入るようにブレナを見つめた。

友だちという言いかたにブレナはかちんときた。

「わたしの友だちがお気に召さなくて？」

「きみはあの男が気に入ったのかい？」ネイサンが吐き捨てるように言った。

「あの男？」ブレナは眉を寄せる。

「そうさ、きみの恋人だよ」

ブレナの表情が険悪になった。「いったい、コテージでだれと話したの？」

ネイサンは横柄に肩をそびやかした。「たしかニックとか言っていたな」

ブレナは憤然とした一瞥《いちべつ》を投げ、勝手な憶測をする男がいよいよ嫌いになった。「わたしの友だちはキャロリンのほうよ。ニック・バンクロフトは彼女の婚約者だわ」

「じゃあ、彼女はずいぶん進歩的なんだね」

「あなたって人は……」

「ここでけんかはよそうよ。どちらかが――でなければ二人して崖から落ちたら困るからね」

いっそ崖からつき落としてやりたいと思っているのがわかったのかしら。「それなら、勝手な憶測はやめてちょうだい」

「気をつけることにしよう。だけど、コテージの玄関に若い男が出てきて、きみは泊まり客だと言われてごらん、ほかに考えようがないだろう？」

ボーイフレンドのことでは、ブレナは十六歳のときからネイサンの過保護に悩まされてきた。それまでブレナのことなど気にとめなかったくせに、急に兄として保護する気になったのだ。あのころはネイサンのおせっかいがうっとうしく、今は腹立たしくてならない。かりにニックがキャロリンでなくわたしの恋人だとしても、この男には関係のないことだ。

わたしは二十二歳よ、十六歳の子どもじゃないわ。しかも、ブレナが必要としていたのはネイサンからの愛情なのに、それは望むべくもなかった。

「ニックにきいてみたらよかったのに」ブレナの目が怒りに燃え上がった。

二人の視線がぶつかって火花を散らし、やがてネイサンはため息をつくと、のびすぎた髪をもどかしげにかき上げた。ネイサンはなぜかいつも髪を切るのを忘れている。けれど、長めの髪型は彼の険しい顔立ちに似合っていたし、いくぶん表情をやわらげてもいた。ネイサンの顔のしわを見れば、豊かな財産にもかかわらず、三十六年間の人生が平穏でなかったことがわかる。「ぼくがイギリスまで来たのは、きみの恋人のことを話すためじゃない」ネイサンはブレナの反抗的な顔を見てつけ加えた。「もしくは、恋人のいないことをね」

ブレナはばかにされたような気がして、いらだたしげに尋ねる。「それじゃ、なんのためにいらしたの？」ネイサンから袋を受けとり、友人のキャロリンが借りているコテージに向かって坂を上がり始めた。

「レスリーがグラントを捨てて家を出ていったんだ。レスリーはきみを訪ねる気だと思ってね」

ネイサンは腕力よりことばの暴力をふるう男だが、ブレナはたとえ彼になぐられたとしてもこれほど驚かなかっただろう。ブレナはいきなり立ち止まると、くるっと振り向いてネイサンを見た。「レスリーがグラントを捨てたですって？」

ネイサンがぶっきらぼうにうなずく。「三日前のことだ。きみは何も知らなかったようだね」ネイサンは事情を察してため息をもらした。

考えられないわ、レスリーがグラントを捨てるなんて。心からグラントを愛していたんですもの。レスリーは彼に結婚を申し込まれると、大学の法学部に進学するのをあきらめ、それを後悔するようすもなかった。結婚して三カ月後に、両親は軽飛行機の事故で亡くなったけれど、姉は牧場主の妻としてこの四年間というもの変わりなくやってきた。

ブレナは頭を振った。「信じられない。レスリーがグラントを捨てるはずがないわ」

「本当なんだよ。レスリーは出ていったんだ」

「でも、なぜなの？」

ネイサンは肩をすくめる。「二人は言い争いをしてね。けど、その原因はきかないでほしい。グラントに尋ねたんだが、ほっといてくれと言われたよ」

ブレナはネイサンの説明を信じた。グラントは兄と同じくらい傲慢なのだ。「さっきおっしゃったわね、レスリーがこちらに来ると思ったって」

「彼女は、ロンドンに二日前に着いた飛行機を予約していたからね」

「じゃあ、ロンドンにいるんだわ」

「いや、わかっているのは飛行機の予約をしたことだけなんだ。レスリーが実際に乗ったかどうか、航空会社じゃ教えてくれないのさ」

「会社は教えてくれないのかしら、それとも教えたくてもわからないのかしら？」

「教えてくれないのさ」ネイサンは不気味なほど穏やかに繰り返す。「安全確保のためにね。きみはウェイド家の金で何が買えるか買えないか、こんなときにまで議論するつもりかい？」

図星を指されてブレナのほおに血がのぼった。ブレナは子どものときからウェイド家の名前と富の持つ力を知っていたが、十年たっても皮肉な態度は隠しきれない。それどころか、ウェイド家に対してますます批判的になっていた。

ブレナはぐっと息を吸いこんだ。「グラントはほうっておいてほしいと言うのなら、どうして自分でレスリーをさがしに来ないの？」

「言っただろう。レスリーが本当に飛行機に乗ったかどうかわからないんだ。乗っていなければ、イギリスに来てもむだ足だよ。レスリーが思い直して家に帰るとすれば、グラントは待っていてやりたいじゃないか」

「レスリーを待ちかまえているわけね」ブレナが耳ざわりな声で言った。

シルバーグレーの目が燃え上がる。「妙な言いかたをするね。まるで、グラントがレスリーをひっぱたいてやろうと、手ぐすね引いているみたいだ」

「彼をおいて出ていったんですもの。ありえないことじゃないわ」

ネイサンの口がきゅっと結ばれた。「ばかなことを言うな！　家出したってなんの解決にもならないが、相手はおなかに自分の子どもがいる女性だぞ。ぼくだってひっぱたこうとは思わないさ」

家出について非難され、ブレナは言い返そうとしたが、レスリーの妊娠のことを言われてはっとした。

「そうだったわね。本当に、お姉さんたらどこに行ったのかしら？」ブレナは不安に瞳をくもらした。

「まあ、かりにレスリーがあの飛行機に乗っていたとしても、きみのアパートの家主から、ここのことをきき出すのは無理だったろうね」

「そりゃあ、あなたのようにはいかないわ」皮肉な口調だった。

「ブレナ……」

「ごめんなさい。つい逆らってしまうのよ」

「そうらしいな」

「だから謝ったでしょ」ブレナはネイサンをにらみつけた。

「謝ればすべてすむのかい？」

ブレナは気がついた。ネイサンはわたしの謝罪を二重の意味にとっている。「あのことはもう終わったとおっしゃったわ」ネイサンの射るような冷たい視線に、ブレナは目をそらした。一年前、カナダに帰ってくるものと思っていたブレナが帰国しなかったとき、ネイサンは裏切られたとひどく恨んだにちがいない。

「あのことだって?」ネイサンは鼻孔から荒々しく息を吐き出した。「なんてことだ、きみは愛ということばをつかうこともできないのか?」

ブレナは挑戦的にあごを上げる。「あなたとの関係にはつかえないわ!」

ネイサンはぎらぎら光る目を細めた。「すると、〝あのことは終わった〟ほうがいいわけだ、そうだろう? でなきゃ、ぼくはきみのせいで心が傷ついたかもしれないんだから」

この男の心が傷つくわけがない。ネイサンの茶化した口調からもわかるとおり、傷つくような心は持ちあわせていないのだ。

「ロンドンのホテルはあたってみたの?」ブレナはレスリーのことに話を戻した。去年の復活祭に起こったことも、去年の夏、大学を卒業したのにカルガリーの家に帰らなかったことも、ネイサンと話しあう気はなかった。

ネイサンがうなずく。「大きなホテルは残らずあたってみたよ。ウェイドやジョーダンの名前で泊まった客はない。もしレスリーがロンドンにいるとしても、心の準備ができるまで見つけられたくないんだろう。こうなると、あとはきみが頼みの綱だ。レスリーがどこにいるにしろ、近いうちにきみに連絡してくるにちがいない。なんと言っても、ジョーダン姉妹の結束は固いからね」

ネイサンの言いたいことはわかった。ブレナはカナダには帰らなかったものの、姉には月に一度、定期的に電話をかけて無事を知らせていた。手紙も二通ほど出しただろうか。けれど、ネイサンには一度も連絡しなかったし、レスリーも彼にブレナの住所を教えないと約束してくれた。ブレナは、あっと思って目を見張った。

「レスリーが隠していたきみの手紙を見つけたんだ」ブレナのとがめる顔つきに、ネイサンは察しをつけて言った。

「わたしの手紙を読んだの？」ブレナはあえぎながら尋ね、手紙に書いたことを必死に思い出そうとした。ネイサンのことは書いていないはずだ……。

ネイサンの表情がくもった。「いや。だが、読んだってかまわなかったはずさ。きみは結婚の約束をしながら、帰ってこなかったんだからね！」

「わたしはこう言っただけよ。夏に家に帰ったら、結婚について話しあってもいいって！　でも、話しあうまでもないと結論を出したの。そんなこと、わかりきったことでしょ！」

「帰ってきて直接そう言ってくれてもよかったんじゃないか？」ネイサンは絞り出すように言った。

それは無理な相談だった。ブレナは恐ろしかったのだ。大学の復活祭の休暇で家に帰ったときのように、ネイサンに説き伏せられてベッドをともにしてしまうかもしれない。もう一度ああいうことになれば、何もかもネイサンの言いなりになりかねない。

今でも鮮やかに思い出す。からみついた彼の体のたくましさ、首すじに唇を押しつけられたときのじゃこうのような男性的な香り。彼と一年以上も離れていたのに、あの晩の記憶は少しも薄れていなかった。

「話しあうことなんて何もなかったわ」ブレナは硬い声でつっぱねた。

「言ったはずだぞ、きみを愛していると！」

ネイサンに愛していると言われたとき、ブレナはうれしいというより胸が締めつけられる思いだった。それはいまだに変わらない。「でも、もう終わったとおっしゃるんだから、ここは受け流しておくほうがよさそうね」ブレナが茶化して言った。「さあ、今度こそわたしたちの話はやめて、レスリーのことを考えましょうよ。妊娠八カ月だというのにひとりぼっちなのよ」

　ネイサンはぶっきらぼうにうなずいてみせた。

「グラントに電話して、ここにはいなかったと知らせてやらなきゃ」

「ロンドンに戻ってからにしたら？　今はレスリーのことのほうが先決問題だわ」

「グラントだって苦しんでいるんだ」

「当然よ。レスリーのおなかにはウェイド家の跡とりがいるんですもの！　大事な牧場をほうり出してきたっていいんじゃない？」

「ブレナ……」

　ブレナはもどかしげにさえぎった。「さあ、コテージに戻って荷づくりしなきゃ。夜にならないうちにロンドンに着きたいわ」

　ネイサンはブレナの腕をつかみ、くるりと自分のほうを向かせる。彼の顔は怒りにゆがんでいた。

「もし、この一件にきみがかかわっていたら、きっと後悔することになるぞ！」

　ブレナは眉をひそめた。「どういう意味？」

「きみは以前からウェイド家の人間を軽蔑《けいべつ》していたからね。そんな態度が少しはレスリーに影響したかもしれない。やっぱり、きみの手紙を読んでおくんだった！」

　ブレナは炎のような目を向けた。「レスリーは、あなたやグラントのことを買いかぶっていたわ。もしそれに気づいたのなら、もうわかってもいいころだったと言うしかないわね。でも、レスリーはわたしの言うことに耳を貸さなかった。わたしは前から言っていたのよ、あなたたち兄弟はいばりくさった最低の……」

「童話のさし絵画家として成功しても、ことばづかいはちっとも優しくなっていないようだな」

　ブレナの目がエメラルドのように光った。「で、だれがわたしに毒舌を教えてくれたのかしら？」

　ネイサンが口を引き結んだ。「父さんにいつも言ってたんだ、きみを牧童たちから離しておくべきだとね」

「わたしは彼らのボスのことを言っているのよ！」

　ネイサンは深い吐息をもらして弁解する。「牧場じゃ、いろいろとやっかいなことがあるんだよ」

「あなたはだれかれなしにあたり散らしていたわ」ブレナは自分のなつかしむ口調に気づいて表情を硬くした。「どうして、さし絵を描《か》いていることを知っているの？」

　ネイサンは肩をすくめた。「レスリーは妹の画才をとても自慢しているからね。きみがレスリーに送った絵本は、赤んぼうのためにとってあるよ」

「あの本のこと、あなたはどう思って？」ブレナは口ごもりながら尋ねた。

　グレーの瞳がおかしそうにきらめく。「《コアラのコーリー》は、ぼくの好みの本とは、ちょっとちがうようだね」

「もちろんよ」ブレナがぴしゃりと言った。「あなたの好きな本なら、お母さんが処分したのを覚えているわ」

「あれはグラントが大学で仕入れてきたんだ」

「それで、あなたはのぞきもしなかったわけね」ブレナは冷やかして言った。

「ああ、のぞいたとも。だけど劣等感を感じたね。どれもぼくにはできそうもない体位ばかりで！」

　コテージに戻るとキャロリンも村から戻っていたので、ブレナはネイサンと引きあわせた。美しい金髪に青い目をしたキャロリンは、ブレナが一言も話したことのない義理の兄の出現に、驚きを隠しきれないようすだった。

「でも、お兄さまのことを秘密にするのも無理ないわ」キャロリンはブレナに話しかけながらネイサンの腕をとり、あたたかい笑みを浮かべて彼を見上げた。「こんなにすてきなんですもの！」驚いたネイサンがニックに向かって眉を上げると、キャロリンはやわらかな笑い声をたてた。黒い髪のニックは肘かけ椅子にくつろぎ、婚約者の浮気なそぶりにも平然としている。「だいじょうぶよ、ネイサン。わたしがあなたのルックスを気に入っても、ニックは文句をつけたりしないから。だって、婚約したからって、ほかの人たちの魅力に気づかないふりをすることはないわ」

ブレナはキャロリンが婚約についてどう考えているかよく知っていたし、キャロリンが初めてニックに出会ったときから、ずっとニックへの愛に忠実なことも知っていた。しかし、キャロリンの態度を見て、ネイサンにそんなことがわかるはずもない。ブレナは彼が疑わしげな目をしているのがわかった。

「キャロリンは《コアラのコーリー》の作者なのよ」ブレナはとりなすように彼女との関係を説明した。キャロリンとブレナは一年ほど前に、出版社を通じて知りあったのだ。「今も、二人で〝コーリー〟の二作目にとりくんでいるの」ブレナはキャロリンを弁護するようにつけ加えた。というのも、ネイサンが相変わらずキャロリンとニックの間柄をうさんくさいと思っているのがわかるからだ。ブレナが二人にどうかかわっているのか、きっとあやしんでいるにちがいない。

「それはけっこうだね」ネイサンは気のない返事をすると、キャロリンの腕を抜け出して窓の前に立った。「ブレナ、荷づくりができたら出発しよう」

「お手伝いするわ」キャロリンが彼女らしくない親切心を見せ、ブレナを部屋から押し出すようにして狭い階段を上がる。二階には寝室が二つと浴室があり、いっぽうの寝室をブレナが、もういっぽうをキャロリンとニックが使っている。「あのセクシーな人とどこに行くつもり？」寝室に入ってドアを閉めるなりキャロリンが尋ねた。彼女はベッドの上でくつろぎ、ブレナはむっつりして荷づくりにかかる。

「あの〝セクシーな人〟は、ただの義理の兄よ」

「ネイサン・ウェイドが、ただの何かってはずはないわ。彼がどんなにハンサムか、まさか気がつかなかったとは言わせませんからね。なんと言っても、義理の兄弟に血のつながりはないんですもの」

否定してみても始まらない。初めてネイサンに会ったときから、思わず引き寄せられそうな、彼の男性的な魅力には気がついていた。だいいち、たとえブレナが気がつかなかったとしても、この十年間、彼のまわりには絶えず女性がいて、そのことを証明してみせてくれた。

ブレナは冷淡な口調で言い逃れようとした。「歯の矯正、にきび、三つ編み、ぺちゃんこの胸。そういうのを見てきたら、ロマンスの入りこむ余地なんてないと思うわ」

「わたしだったら彼に教えてあげたのに――歯の矯正と三つ編みをやめたこと、にきびが消えて胸が豊かになったこと。ひょっとしたら、十七歳になるころにはベッドをともにしていたかもしれないわ！」

ブレナは、あなたならそうでしょうね、とキャロリンに愛情のこもった笑顔を向ける。キャロリンはニックと知りあうまでは大勢の男性とつきあっていたし、男性が本能的に好きになるタイプだ。けど、ネイサンだけは別ね、とブレナはむっとして思った。きっと、わたしの友だちじゃ物足りないんだわ！

「わたしは十七歳になっても歯の矯正をしていたのよ」ブレナが自嘲《じちょう》気味に言った。

「でも……いえ、なんでもないわ」キャロリンはブレナの閉ざした表情を見て吐息をもらした。「それで、彼とどこに行くの？」

「ロンドンよ。あの……ネイサンといっしょに姉も来ているの。いきなり来てわたしをびっくりさせようとしたのに、肝心のわたしがロンドンにいなかったでしょ」家庭内のごたごたを、キャロリンに話すことはない。「姉はロンドンで待っているの」それは本当よ——そう願っている。

キャロリンは当惑顔になる。「お姉さまがネイサンといらしたの？　でも、お姉さまはグラントという人と結婚しているんでしょ。どうして……？」

「ええ、姉の夫はグラントよ。ねえ、キャロリン、今は説明しているひまがないの。荷づくりしてしまわないと。ネイサンは待たされるのが嫌いなのよ」

最後のことばは本当だった。ブレナがデートで帰宅が遅くなったとき、ネイサンは何回か起きて待っていたことがある。そして、友だちの面前で痛烈な皮肉を言われたものだ。

キャロリンは優雅なしぐさで立ち上がり、がっかりしてため息をもらした。「ブレナ、あなたって内緒話になるとそっけないのね。わたしなんかニックに会うまでのことをすべて打ち明けたのに」

キャロリンの打ち明け話の中には、聞くほうが恥ずかしくなるものもあった。けれど、ブレナはキャロリンが好きだし、二人は仕事の息もぴったり合っている。ただ、ブレナとしては、複雑な系図や、母親とパトリック・ウェイドの再婚が引き起こしたいざこざを、とても話す気にはなれなかった。

「このつぎ説明するわ。ロンドンから戻ったときにでも」

「向こうにはどのくらいいるつもり？」キャロリンが今度は純粋に仕事上の関心から尋ねた。本の締め切りは数週間後にせまっている。

ブレナは眉を寄せた。「はっきりわからないのよ」すべてはレスリーが訪ねてくるかどうかにかかっている。そして、そのときの姉の決意に。

キャロリンが部屋を出ながら注文をつけた。「わかりしだい知らせてね。これ以上仕事が遅れたら締め切りに間に合わないわ」

それはブレナもわかっている。だからこそ人里離れたコテージまで来たのだ。もっとも、キャロリンとニックが先月フロリダに行ったりしなければ、こんなことにはならなかっただろう。

だが、ブレナはその点にはふれず、うなずいて荷づくりに専念した。

ブレナが居間に戻ると、コーヒーが出されており、三人とも腰をおろしていた。ネイサンはすっかりくつろいだようすで、もたれた椅子の背には上着が無造作にかけてある。ブレナは不安になってみんなの顔をうかがった。ネイサンが一番ゆったりしているわ。彼は二人に何を言ったのかしら、それとも何かしたのかしら。なぜなら、キャロリンとニックは、警戒するような目つきをしていたからだ。ネイサンはブレナににらまれても、彼女の危惧《きぐ》などそ知らぬ顔で見返した。

ブレナがあわただしくキャロリンとニックにさよならを言っているあいだに、ネイサンは彼女のスーツケースを車の後部に積みこんだ。ネイサンの乗ってきたレンタカーは、その流れるようなボディラインで高級車だとわかる。まだ路地から車道にも出ないうちに、ブレナは彼のほうを向いた。「どういうことなの？」

ネイサンはブレナをちらっと見てから車を車道に乗り入れた。「どういうことって？」

「あなた、キャロリンたちに何を言ったの？」ブレナはあやしんで目を細めた。

ネイサンは肩をそびやかした。「きみが荷づくりしているあいだ、ぼくらはほとんど話さなかったよ」

「なんて言ったのかってきいているのよ」

「ブレナ、落ち着いてくれないか」

「わたしなら落ち着いているわ。ただ、なんて言って友だちをぎょっとさせたのか知りたいだけ」

「あの二人がぎょっとなんかするものか」

「ネイサン!」

ネイサンはうんざりしたようにため息をつく。

「きみたちの〝三人所帯〟のじゃまをしてすまないね、と言っただけだよ。カップルとそのいっぽうの愛人がいっしょに住むことをそう言うんだろう?」

ブレナは侮辱されて、叫ぶよりも泣きたい気持だった。そんな関係になるほどわたしが変わったと思うなんて。去年ネイサンと愛しあったとき、わたしは処女だった。一年間でそんなふしだらな女になったと、ネイサンは本気で思ったのだろうか?

「あのとき、きみと愛しあうべきじゃなかったんだ」ネイサンも同じことを思い出したらしく、険しい表情になった。「あのことがなければ、きみだって気軽にほかの男とつきあわなかっただろう」

ほかの男などいなかった。ブレナはばかではないのだ。あのカナダでの最後の夜、彼女がネイサンとわかちあったものがどんなにすばらしかったか、そしてそれはほかの男性ではかなわないことだとよくわかっていた。そして、二度と繰り返してはいけないということも。過ちは二度と繰り返さないわ、ブレナは身震いして誓った。ブレナはネイサンと愛の行為をしたという事実を受け入れるのに、数カ月かかった。母や姉と同じ過ちはしたくない。

「ブレナ?」

ネイサンに手をふれられそうになってブレナは身をすくめ、できるだけ遠くに離れた。

「どうしたっていうんだ?」振り向いたネイサンの顔は険悪そのものだ。しかし、彼女が真っ青なのを見て眉をひそめる。「ブレナ、どうしたんだい?」

「どうしたかですって?」ブレナは心の動揺がおさ

まらず、つかえつかえおうむ返しに繰り返した。

「娼婦《しょうふ》だなんて、しょっちゅう言われているわけじゃないわ！」

「そんなことは言ってやしない！」

「同じようなものよ」ブレナは怒りにほおを紅潮させた。

ネイサンは深い吐息をもらす。「わかったよ。あの二人とはどういう関係なんだい？」

「言ったでしょ。キャロリンが物語を書いて、わたしがさし絵をつけるのよ」

「で、ニック・バンクロフトは？」

「キャロリンの部屋を使っているわ。あの二人はどこへ行くときもいっしょなの」

「そうは見えなかっただけどな」軽蔑した口調だ。

「見た目じゃわからないものよ」キャロリンはニックと会って恋に落ちるまでは、かなり奔放だったらしい。けれど、ニックと恋人同士になってからは、ずっと彼に誠実にしてきた。とはいえ、男性と知りあうたびにちやほやするくせは、なかなか直らないようだが。「キャロリンが書いているのは童話よ、セックスの手引じゃないわ！」

ネイサンがため息をついた。「オーケー、ぼくがまちがっていたのなら謝るよ」

あまり静かな声だったので、ブレナは思わず耳を疑った。ネイサンは何事であれ頭を下げたことなどないし、ウェイド一族はみんなそうなのだ。だが、今謝ったのは本心かららしい。ネイサンはまるで謝ったことに腹を立てているように口をゆがめ、ハンドルの前で体を硬くしているのだから。きっと謝ったことが本当にくやしいんだわ。

ブレナは彼の謝罪には答えず、向き直って窓の外を見つめ、ロンドンに着くまでかたくなに顔をそむけていた。

ロンドンにあるブレナのアパートに着いたのは、

もう夕方に近かった。アパートはビクトリア朝風の建物で、ブレナは最上階を借りている。一室をアトリエに改装し、その採光は仕事をするのに最適だ。大学時代は女の子三人で共同生活をしていたので、ここに引っ越してから一年にしかならない。だから、たとえネイサンがブレナをさがそうとしても、見つからないはずだった。ブレナは暗い気持になった。面倒なことにはならないと思っていたのに。ネイサンは自分の目的のためなら、他人の手紙を読んでも平気なのだ。

ブレナがバッグに入れた部屋の鍵《かぎ》をごそごそさがしているうちに、ネイサンはスーツケースを二つ、アパートの六階まで運んできてドアの前におく。

ブレナは彼のほうを向いた。「泊まっているホテルを教えてくだされば、レスリーから連絡があったとき電話するわ……」

「ホテルならけさ引き払ったよ」ネイサンはブレナの手から鍵をとり上げ、てぎわよくあける。「レスリーがここに訪ねてくるか電話してくるとしたら、ちゃんとその場にいたいからね」ネイサンはブレナに中に入るようにうながし、スーツケースを二つ持ってあとに続いた。

ブレナはやっとの思いで尋ねた。「ここに？　ここに泊まると言うの？」ブレナは居間に入ったとたん、部屋の真ん中に茶色のスーツケースがあるのを見て立ち止まった。「あなたのスーツケースなの？」

と、ネイサンに向かって金切り声をあげる。

ネイサンが唇をゆがめた。「ここの家主さんにきみの兄だと名乗って、レスリーとグラントの結婚式の写真を見せたんだ――四人でいっしょに写っているやつさ。そうしたら、彼女は親切にもきみの部屋の鍵をあけて、スーツケースをおかせてくれてね。そういうわけだから、しばらくやっかいになるよ」

2

ネイサンの横柄な態度に、ブレナは火花の散るような目を向けた。そんなことができると思うなんて、なんてあつかましいのだろう。「あなたが家主のマーロウさんになんと言おうとかまわないわ。ここには泊めませんからね！　うそをついてわたしの部屋に荷物を入れるなんて許せないわ。警察を呼んだっていいのよ」

「それで警察にはなんて言うんだい？　ぼくはきみのきょうだいなのに……」

「きょうだいなものですか！　あなたなんか……」

「ブレナ、この前きみにののしられたとき、ぼくがどうしたか覚えているかい？」ネイサンの声はぞっとするほど穏やかだった。

ブレナは真っ赤になった。彼を傲慢《ごうまん》でいやな男だと言ったために、体のふしぶしが当分のあいだひりひりするはめになったからだ。一週間というもの、椅子にちゃんとすわれなかったわ！

「まだ覚えていてくれてうれしいよ」ネイサンは少しも迷わずにブレナのスーツケースを寝室に運ぶ。戻ってくると、ブレナのとがめる視線に気づいて愉快そうに唇をゆがめた。「けさ、ざっと中を見せてもらったんだ」

「わたしが同棲《どうせい》していないか調べたのね」ブレナは憤然として言った。

ネイサンは肩をすくめる。「きみが大学を卒業したあとどんな暮らしをしているのか、ちょっと興味があっただけさ。こんなアパートを借りられるほど、さし絵の仕事がもうかるとは知らなかったよ」ネイサンは勧められもしないのに肘かけ椅子に腰をおろし、長い脚をのばすと、物問いたげに片方の眉を上げてみせる。

ブレナの口もとがこわばった。ここはアパートの最上階だが、ブレナひとりで借りきっている。ネイサンの考えどおり、ここの家賃は毎月かなりのものだ。

「きみはウェイド家の金などいらないと言ったね。忘れてはいないだろう？」

ブレナは認めたくなくて震えながら息を吸いこんだ。両親が亡くなったとき、パトリックが四人の子どもに平等に財産を残したことを知り、ブレナはひどく驚いた。自分の子どもと後妻の連れ子を差別しなかったとは。けれど、ネイサンもグラントもそのことを問題にしなかったし、ブレナには義父の考えがわかっていた。財産のことにしろ、牧場をレスリーとブレナにもわけたことにしろ、金銭でどんな罪もあがなえると信じた男が、罪の意識を清算しようとしてしたことなのだ。ブレナはそう確信していたから、遺産はいっさい受けとるまいとした。ところが、去年大学を卒業すると、どうしてもそのお金に手をつけざるをえなくなったのだ。ただし、さし絵で収入を得られるようになったので、つかった分は利子をつけて返そうと決めていた。ウェイド家のものは何一つもらいたくない。

「借りたお金は返すつもりよ」

「やめてくれないか……」

「ネイサン、ここに泊めるわけにはいかないのよ」

ブレナは話をもとに戻した。

「すると、本当に同棲しているの？」

「いいえ……恋人なんてほしくもないわ！」ブレナはあてつけるようにネイサンをにらんだ。

「残念だな。けさ中を見せてもらったとき、アトリエに簡易ベッドがあるのに気がついたんだが。ぼくならあれで充分さ」

「アトリエの窓にはカーテンがないわ！」

「じゃあ、パジャマを買ってきたほうがいいね？」

「ネイサン……」

「ブレナ？」彼は黒く険しい眉をつり上げた。

「わかっているはずよ、ここに泊まるべきじゃないって」ブレナは声を詰まらせて訴えた。あとで自分の弱さがいやになるだろうが、今は気にしていられなかった。

ネイサンの目が氷のようになる。「きみも言ったように、あのことはもう終わったんだ。きみにふれたりしない、リーをさがしに来たんだよ。きみにふれたりしない。ぼくはレスリーをさがしに来たんだよ。ぼくを信じてくれないか」ブレナの不安そうな表情に、ネイサンはため息をもらした。

だって、わたし自身のことが信じきれないの。ネイサンの腕に抱かれたあの夜以来、いつも彼を求める気持があった。でも、それは許されないこと。決して許されないことだわ！「階下《した》へ行って、マーロウさんにレスリーが訪ねてきたかきいてみるわ」

ブレナは無気力な声で言った。

「それは泊まってもいいということかい？」

「仕方がないでしょう？」

「ぼくは一度だってきみに無理強いをしたことはないはずだ」静かな口調だった。

なぜなら、どんなことであってもネイサンが無理強いをする必要などなかったからだ。ブレナはことごとくネイサンに歯向かったけれど、ネイサンはいざとなれば無理強いをしなくても彼女に勝つことができた。去年の復活祭のときも、あやうくネイサンの傲慢さに負けそうになったブレナは、かろうじてイギリスに逃れ、父親に相談したあと、簡単に負けてしまわないでよかったと思った。自滅しないですんだのだから。

アパートの家主であるミセス・マーロウは、鳥を思わせる小柄な婦人で、七人いる入居者のためになることには、いっさい耳を貸そうとしない。ブレナの兄だと名乗ったカナダなまりの男について、彼女は知りたくてうずうずしていた。

家主は詮索《せんさく》するように言った。「あれでよかったのかしら。お兄さまって、とても説得力のあるかたね」

ブレナはちょっぴり皮肉に考えずにはいられなかった。その〝説得力〟の中には、お金も含まれているのではないかしら？　ウェイド一族には一度ならず見せつけられた、すべての人間とものに値段がついていると信じていることを。それに、ミセス・マーロウは人のことばをうのみにするタイプではない。

「ネイサンは義理の兄ですわ。この二、三日中に、ほかに訪ねてきた人はなかったでしょうか？」最愛の姉のことが心配で、ブレナは眉をひそめた。夫と口論したあげく、家出するほどのことってなんだろう。どこの夫婦もそうであるように、姉夫婦も山あり谷ありだったけど、こんなことは初めてだ。しかも、もうすぐ赤ちゃんが生まれるというのに、これではレスリーの体にいいわけがない。

「ウェイドさんだけでたくさんじゃなくて？」中年の家主はさえずるように言うと、いつものくせで真珠のネックレスに手をやる。「はるばる訪ねてくださるなんて、どきどきするでしょうね！」

かりに、ネイサンにわざわざ訪ねてもらったところで、どきどきするとはとても思えなかった。少なくともミセス・マーロウの言う意味では。

「ねえ、お宅で何かあったんじゃないでしょうね？けさウェイドさんがいらしたとき、ちょっと心配そうなごようすだったから」

「何もありませんわ」ブレナはきっぱりと答えた。家主の好奇心を満足させる気はない。「じゃあ、ほかに訪ねてきた人はなかったんですね？」

家主はにっこりした。「ええ、どなたも。でも、手紙が来ているわ」彼女は後ろのテーブルから十通あまりの郵便物をとり上げ、ブレナに渡した。

ブレナは失望を隠しきれず、気が抜けたようにいとまを告げると、階段をのろのろと上がりながら郵便物を繰った。その中に姉からの手紙があった。一瞬胸が高鳴ったが、カナダの消し印を見てまたがっかりする。手紙が書かれたのは、レスリーがウェイド牧場を出るずっと前だ。

それでもブレナは封を切り、姉の気持を知る手がかりがあるかと期待した。手紙はいつものように話題が豊富だった。グラントが新しく手に入れた雄牛のこと、この夏はおなかに赤ちゃんがいるのでひときわ暑く感じること、家政婦のミンディといっしょに子ども部屋の用意をしたこと。相変わらずネイサンについては一言もふれていない。ブレナがネイサンの動静には興味がないと言ったからだが、この一年間、彼について何一つ知ることができず、ブレナは耐えがたい思いを積みかさねてきた。しかし、あえてネイサンのことは考えないようにしていた。彼が最近つきあっている女性のことはなおさらだ。ネイサンが結婚話をすれば、レスリーだって知らせてくるにちがいない。これまで、そういう知らせはなかった。

そして今、階上《うえ》の彼女の部屋にネイサンがいる。ああ、さっき海岸で振り返って、彼と顔を合わせるのがどんなにつらかったことか。でも、ちゃんとやってのけたわ。レスリーの赤ちゃんが生まれれば、そのときは避けられないと思っていたネイサンとの再会。それをなんとかとりつくろうことができて、ブレナは満足だった。あんなに動揺したのは、再会が予期していたより二カ月早かったせいよ、それだけのことだわ。

「何かわかったかい？」ブレナが部屋に入ると、ネイサンは電話の送話口を手でふさいだ。あきらかに話の途中らしい。

ブレナは顔をしかめて首を横に振った。「グラントなら、切る前にわたしにも話をさせて」

「ぼくは……」ネイサンがいらだった視線を投げたとき、電話の向こうから、聞いているのかと尋ねられたらしい。「ああ、ちゃんと聞いているとも。伝言はまちがいなく伝えておくよ」ネイサンはよどみなく答えて電話を切った。

「言ったでしょ……」

「電話の相手はグラントじゃないよ」

「じゃあ、だれから?」ブレナはつっけんどんに尋ねた。わたしにかかってきた電話をとらなくてもいいのに。

「きみの友だちのキャロリンさ。どうやら、ニックのお気に入りのTシャツを、きみのものといっしょに詰めてきてしまったようだね」

せせら笑うような顔をされて、ブレナのほおに赤みがさした。「寝るときに使っていたのよ。おいてくるのを忘れたんだわ」

黒い眉が疑い深そうにつり上がる。「ぼくの記憶じゃ、きみは寝るとき何も着なかったはずだが」

ブレナは思い出して口をきゅっと結んだ。あの朝、ネイサンはブレナの寝室に来て泳ぎに誘い、彼女がいやがってふとんの奥にもぐりこむと、笑いながらそれをはいでしまった。見おろすネイサンの目に裸体が映り、その目が、美しいと語って、まるで時間が止まったかのようだった。それから、ネイサンは何事かののしると、ばたんとドアを閉めて出ていったのだ。以来、ブレナは部屋の鍵《かぎ》を必ずたしかめたものの、ネイサンが再び押し入ってくるとも思えず、寝るときの習慣を変えるようなことはしなかった。

ブレナは鋭く言い返した。「今でも寝るときは何も着ないわ。でも、バスルームに行くのにニックと出くわしたら、ちょっと具合が悪いと思ったのよ」

「で、男のTシャツを着たほうがましだとでも言うのかい?」

「キャロリンだって寝巻きは着ないわ!」

「だろうな。彼女が童話作家だなんて、とても信じられないよ!」

「キャロリンの何を知っていると言うの? 彼女はどうしてあんな態度をとるのかしら? ニックの前なのに、なぜあなたに接近したと思って?」

ネイサンはうんざりしたようにため息をつき、どさっと肘かけ椅子に腰をおろすと、後ろに寄りかかって脚を組む。「それを説明するつもりなんだろう」彼は興味なさそうな口ぶりで言った。

「まあ、あなたってとんでもない独善家だわ。ウェイド家の名前とお金の上にふんぞり返って……」

「キャロリン・フランクの話じゃなかったのか」冷たくさえぎったネイサンの全身が張りつめている。

「ええ、そうよ。キャロリンはね、生まれて六日目から十六歳で就職するまで、ずっと里親の家で育ったの。童話を書くのが上手なのは、そのせいもあるのよ――小さな〝弟や妹〟に話をして聞かせたから。それに、キャロリン・フランクという名前だって本当の名前じゃないわ」ブレナは心を痛めて眉をひそめた。「赤んぼうだった彼女に、メモがとめてあったの。母親の名前はキャロリンで、父親はフランク。二人とも十五歳なので育てられませんって。若い母親は赤ちゃんを養子に出さないでと頼んでもいたわ――いつか迎えに来ますからって」

「だが、迎えには来なかった」ネイサンが抑揚のない声で言った。

「ええ」

「それで、母親に見捨てられた悲しみをいやすために、一生懸命みんなに気に入られようとしてきたのか。ちっとも気がつかなかったよ」

「気がつくはずがないわ」ネイサンの軽蔑《けいべつ》と見くだ

した態度を、ブレナはそう簡単には許せなかった。ブレナ自身、長いあいだそうした態度をとられてきたのだ。「あなたはキャロリンを一目見るなり浮気な女だときめつけて、彼女がどうしてそんなふうなのか考えてみようともしなかった……」

「いいかげんにしてくれないか、キャロリンとはほんのちょっと会っただけなんだ！」

「だのに、彼女の悪口を言ったわ！」

「だから謝ったじゃないか。これ以上どうしろって言うんだい？」

「裁判官のような顔をして、わたしや友だちのことをとやかく言うのはやめてちょうだい」

「きみは義妹《いもうと》なんだし、三カ月間とはいえ、結婚しようと思っていたこともある。いやだと言われても、きみを守ってやりたいという気持はどうにもならないんだ！」

「守ってほしいなんて頼んだ覚えはないわ！」

ネイサンは鼻であしらうように言った。「それは太陽に沈むなと言うようなものさ。どうしようもないことだよ」

「なぜかしら。わたしが十六歳になるまでは、目もくれなかったくせに！」

「そういう言いがかりに答える気はないね。説明するまでもないだろう」

「やっぱりね！　見た目が女らしくなきゃ、目をとめる気にもならないんだわ」

「もうたくさんだよ」ネイサンは勢いよく立ち上がり、ズボンのポケットに手をつっこんだ。「きみは十六歳になるまで手におえない問題児だったが、それは女かどうかには関係がない。カナダに連れてこられたきみは、母親の再婚にかかわるすべてが気に食わなかったんだ。そりゃあ幼い少女にしてみれば、恐怖の入りまじった興奮を覚えただろう。見知らぬ広大な国に移り住んで、なんでも言うことを聞いてくれるきょうだいもできたんだから……」

「三メートルもある馬に乗せてくれとは言わなかったわ！」初めて馬に乗ったときのことを思い出すといまだにぞっとしてしまう。カナダに着いた翌日、グラントはブレナを抱き上げて馬にまたがらせた。ブレナが乗馬なんてしたことがないと抗議したのに、グラントは本気にしなかったのだ。結局、グラントはかわいそうになって彼女をおろしたが、ブレナはつぎに馬に乗るまで数カ月かかった。

「グラントは兄貴らしいところを見せようとしただけじゃないか。きみが都会育ちで、馬に乗ったことはもちろん、馬がどんなものかも知らないなんて、グラントにわかるわけがないだろう！」

「わたしにきいてくれたってよかったでしょ！　だいいち、カナダに行くまで、あなたたち兄弟のことは知らなかったかもしれないのよ。そちらはわたしたちのことを聞いていたでしょうけど」

「父さんに、きみのお母さんと結婚するからカナダに連れて帰ると言われるまで、何も知らなかったさ。知るはずがないだろう？」

そうでしょうとも。傲慢なウェイド兄弟のこと、傲慢さでは引けをとらない父親が、よその家庭をめちゃめちゃにしたって気にかけるはずもない。パトリック・ウェイドのじゃまさえなければ、ブレナの両親だって、もとのさやにおさまっていたかもしれないものを。しかし、パトリックがいったんこうと決めたら、どうしようもなかった。

とはいえ、ブレナは義理の父を嫌っていたわけではない。はじめは嫌いではなかった。ただ、義父の威厳のある態度や、その富と力に圧倒されたにすぎない。そう、嫌うようになったのは、ずっとあとになってからだ。

「そろそろグラントに電話したらどうかしら？　なんと言っても、心配しているでしょうからね」

皮肉のこもった辛辣《しんらつ》な口調に、ネイサンの目が針の先のように光った。「きみが性悪女にもなれることを、どうして今まで気づかなかったんだろう？」

ブレナは侮辱されて怒りにほおを紅潮させた。「気づいていたはずよ、ネイサン。それが気に入っていたときもあったじゃないの」あの晩、ネイサンの腕の中で、情熱に駆られて熱いときを過ごしたことは、ブレナの脳裏と五感に永久に刻みこまれている。

ネイサンが口の端で笑った。「こう言うべきだったかな。毒舌家のきみより、子猫のようなきみのほうが好きだとね」

「グラントに電話しなくてもいいの？　よければ、レスリーが泊まっていないか、小さなホテルにもあたってみたいのよ。あなたのことだから、ロンドンのホテルはサボイとヒルトンくらいしか知らなかったでしょうし……」

「皮肉はやめるんだ。なんの役にも立ちはしない」

おまけにブレナ自身、皮肉な口をきいてもたいして満足できなかった。ネイサンと言いあったときはいつもそうだ。言い争いに勝っても敗者のような気分になる。

ブレナはかまわずグラントに電話をかけた。ベルが二度鳴っただけで相手が出たため、ちょっと面食らってしまう。「グラント？」

グラントがだしぬけに言った。「レスリーかい？ああ、レスリー、どこにいるんだ？」

「ブレナよ、グラント」彼女は優しくさえぎった。グラントが妻の身を案じていないのでは、という不安はぬぐいさられた。グラントの声は不幸な夫そのものだ。

「そうか」グラントは失望をのみこんだ。「電話だと声がそっくりなんだ」

「レスリーはまだ帰っていないのね？」

「うん。ネイサンになんと言われようと家に残るんじゃなかったよ。じっと知らせを待っているなんて、気が変になりそうだ。ネイサンもそこにいるの？」

ブレナはちらりと目をやった。ネイサンは椅子に浅くかけてしゃちほこばっている。「ええ、いるわ」ブレナはぶっきらぼうに認め、それからできるだけ穏やかに言った。「わたしのところにはレスリーからなんの連絡もないのよ」

「どこにいるんだろう？」グラントがうめくように言った。

「レスリーがこんなことをするなんて、いったいけんかの原因はなんなの？」

「それはぼくとレスリーの問題だ」

「わかっているわ。でも……」

「ネイサンと話せるかい？」

ブレナはがっかりしてため息をついた。「もちろんよ」と答え、ネイサンに受話器をさし出す。「お兄さんと話したいんですって」ブレナはグラントに打ち明けてもらえず、まだ胸がちくちくしていた。

ネイサンが見くだしたようにブレナを見た。「十年前、きみを歓迎するより、ひざにのせてしりをたたいてやるんだった。お望みなら、今からでも遅くないぞ」

ブレナはあわててネイサンに受話器を渡し、部屋の反対側に逃げ出した。ネイサンは脅しを実行しかねない男だから。

それにしても、レスリーはどこにいるのかしら？ジョーダン姉妹の結束は固いからね、とネイサンに皮肉られたが、それは本当のことだった。レスリーとブレナはいつもいっしょだったし、カナダに連れていかれてからはいっそう結びつきが深まった。レスリーはきっと連絡をくれるわ、それも近いうちに。

「じゃあ、また」ネイサンは電話を切ると、冷たい目をしてブレナのほうを向いた。「きみに劣らず、「おレスリーも姿を隠すのがうまいようだな」

ブレナの口もとがこわばった。一年前、ネイサンがさがしても見つからないように、前のアパートから引っ越したことを言っているのだ。

ネイサンを見るブレナの目に嫌悪の色が浮かんだ。「二人とも姿を隠さなきゃならない理由があったんでしょう。少なくともわたしはそうだったわ」

ネイサンが目を細める。「その理由というのを聞きたいね」

「言うまでもないわ。あなたと結婚するくらいなら、だれだって逃げ出したくなるはずよ!」

「ぼくのベッドに来た晩は、そんなふうに感じていなかったじゃないか!」

ブレナのほおが死人のように青ざめた。「わたしのベッドだったわ」彼女はネイサンのほうから来たことをはっきりさせた。「それに、あの晩はわたしもどうかしていたのよ」

ネイサンは冷ややかにブレナを見た。あの、気力もくじけてしまう目で。くやしいけれど、ブレナのほうが先に目をそらした。あの晩どうかしていたというのはうそだった。少し酔ってはいたが、ネイサンを自分の寝室に誘ったときも、何をしているかわからないほどではなかった。そのことは二人ともわかっていた気がする。

「アトリエのベッドを整えてくるわ」ブレナがぼそっとつぶやいた。

ネイサンはうなずき、おどけた口調で言った。「じゃあ、パジャマを買いに行くとするか」

ネイサンが出かけると、ブレナはどさっと腰をおろした。言いあいはどちらの勝ちかしら。勝ち負けがあるとすればだけど! 結婚はとりやめたのだから、言い争ってもむだなことだ。そもそも、ネイサンと結婚するなんて一度も言っていない。それはネイサンだってわかっているはずよ! ブレナは一晩だけウェイド一族への警戒心を解き、ネイサンと愛しあっているのだと、自分に思わせようとしたにすぎない。ネイサンはもっと根本的な動機からだったと言うけれど、少なくともブレナはそうだった。今晩だけだまされていようと思ったのだ。

ブレナはネイサンに結婚を申し込まれると気が転倒し、大学を卒業したら考えてみると返事をした。もし、実の父から改めてジョーダン家の誇りを教えられなかったら、ネイサンと結婚していたかもしれない。よかったわ、ネイサンから運よく逃げ出せて。

一時間後にネイサンが玄関をノックしたときには、ベッドも整い、ブレナは軽い夕食の支度にかかっていた。ドアをあけたブレナは、ジーンズとTシャツから、紫色のラウンジドレスに着替えていた。

「夕食には正装するのかい、それとも服を脱ぐのかな？」ネイサンはブレナの前を通りながら、悠然とした口調で言った。

ブレナは玄関に立ち止まり、かんしゃくを起こすまいとした。もうネイサンの毒舌には慣れてもいいころよ、さんざん聞かされてきたんですもの。それに、ドレスはまったく上品なものだ。たとえ、やわらかい布地が体の曲線を引き立てたとしても。

ブレナがあとから行くと、ネイサンは紙袋を椅子にほうり投げ、上着を脱いでシャツのボタンをはずすところだった。ブレナは思わずひるんでしまう。日焼けしてたくましい胸。左の乳首のすぐ下に、子どものころのけがのあとがかすかに残っている。傷とその上を愛撫《あいぶ》し、ネイサンに抱かれた夜のことが思い出され、ブレナは動揺を顔に出すまいとした。

「夕食はなんだい？　豆もやしとにんじんのフリッターかな？」

ネイサンが相手では、礼儀正しくするのも骨が折れるわ。「オムレツにするつもりよ――チーズかマッシュルーム、お好きなほうをどうぞ。それにサラダとベイクド・ポテトをそえて、あとは果物があるわ。急に言われてもこれしかできないけど」

「けっこうだね。とにかく、この前きみが料理してくれたときよりましだ」ネイサンがにやりとする。

「牧場育ちの娘が菜食主義者とはね！」

ブレナの目が深い緑色に光った。「わたしは牧場育ちじゃないわ。牧場に連れてこられたときには、物心ついていたんですもの。かわいい子牛をふとらせて、屠場《とじょう》に送ってしまうことも理解できたわ！」

ブレナは子どものころを思い出して身を震わせた。

「わたしは肉が嫌いなんじゃないわ。けど、食べなくてもすむのに、かわいそうな動物を犠牲にするのが耐えられないの！　牛肉を食べなくたって、牛かららとれるものでちゃんと生きていけるわ。にわとりだって、羊だってそうよ」

ネイサンは疲れたように手で目をおおった。「演説はもういい。きみの考えなら前にも聞いたよ。ぼくは牧場で生計を立てているんだ」

「捕鯨をしている人たちと同じことを言うのね！」

「鯨を絶滅に追いやるのと、牛をわずかばかり飼うのとじゃ、くらべものにならないさ」

「あら、ウェイド牧場には何千頭もの牛がいるわ。それに、どちらもお金のために動物の命を奪っている。あなたは……」

「オムレツにしてくれないか――ぼくはチーズを頼む」ネイサンが絞り出すように言った。「きょうは長い一日だった。それに、相も変わらぬ議論はしたくないんだ。きみは自分の信念に従って牧場の金は受けとらないわけだし、それは立派だと思うよ。だが、顔を合わせるたびに説教されるのはごめんだ」

動物を殺すのに反対なことだけが、ウェイド家のお金を拒絶した理由ではない。理由はほかにもあるのだ。それに気がつかないことでも、ネイサンの無神経さがわかるというものだ。

「シャワーの場所はご存じね。食事の前にさっぱりなさりたかったら、どうぞ。こちらは十五分ほどで支度ができるわ」

「ありがとう」ネイサンは紙袋を持ってアトリエに行った。シャワーの場所もちゃんとわかったようすで、数分後には着替えて現れた。〃けさ、ざっと中を見た〃とき、シャワーの場所も確認しておいたにちがいない。

ブレナは不思議な気がした。こうして小さなキッチンにいると、色あせたジーンズ姿のネイサンが、いつになく魅力的に見えてくる。いつものようにシャツのボタンを三つ目まではずし、まぶしいくらいにたくましい胸もと。カナダにいたころは、ネイサンのこんなところにはあまり気づかなかったけれど、今見る彼はおりに入れられた虎《とら》のようだ。ネイサンは虎と同じくらい危険だわ。

「小さなホテルもだめだったらしいね?」ネイサンが食後のりんごにかじりついた。

「ええ」とブレナは小さな声で答えた。自分ならレスリーを見つけられると思ったのに、うまくいかなかったのだ。

「残念だな。あんなに自信満々だったのに!」

「ネイサン……」

「食器をかたづけようか? この数日が一週間にも思えてね。よかったら寝ることにしたいんだ。まったくはた迷惑だよ、きみたち姉妹の家出騒動は」

「レスリーがこんなことをするからには、それ相応のわけがあるはずよ」

「それは前にも聞いた」とネイサンはうなずき、表情に苦渋をにじませる。「だが、今のところグラントは話をするような気分じゃないし、レスリーも姿を見せたところで、わけを話してくれるかどうか。何が原因か、ぼくらにはわからずじまいかもしれないな」

「二人が仲直りさえしてくれれば、わたしたちには関係のないことだわ。信じてもらえないかもしれないけど、わたしはレスリーとグラントに離婚してほしくないの。二人は愛しあっているんですもの」

「そうだね」ネイサンは吐息をもらした。「人間はどうして愛のために悩むんだろう。愛なんて苦しいだけだと思うが」

ブレナがだしぬけに言った。「おやすみになりたいのなら、食器はかたづけておくわ。外はまだ明るいし、アトリエにはカーテンもないけど……」

「忘れたのかい？　きみの話している男は、真昼でも馬の背で眠れるんだぜ」

「ええ、覚えているわ。おかげでパトリックにひどくしかられたわね？」ブレナはくすくすと笑った。

「うん、ひどい目にあったよ」思い出してネイサンの目がなごむ。

ブレナはいたずらっぽく考えこんだ。「たしか、パトリックはこう言ったのよね？　〝一晩中、女遊びなんかしているからだぞ〟」

「おじょうさん、そんなせりふは聞くべきじゃなかったね」ネイサンは憮然《ぶぜん》とした表情だ。

ブレナはにやりとする。「牧場中に聞こえたはずよ。わたしはまだ小さくて意味がよくわからなかったけど……」

「半分もわかっちゃいけなかったんだ」ネイサンが苦虫をかみつぶしたような顔で言う。

「あのとき、あなたがどなり返さなければ、わからなかったかもしれないわ。〝父さん、ほっといてください。ぼくがだれとベッドに行こうと……〟」

「その先は覚えているからけっこうだよ」

「あなたが純潔だなんて思ったことないわ」

「またかい……」

「おやすみなさい、ネイサン」彼女はからかうように言った。「レスリーから連絡があったら知らせるわ」

「本当かい？」ネイサンは目を細めてブレナを見た。

ブレナはため息をつく。「もちろんよ」

「ブレナ……」

ネイサンが手をのばしたのをかわし、「どうぞおやすみになって」とブレナは張りつめた声で言った。

ネイサンの目が細められ、氷の細長いかけらのようになる。「ぼくをこわがることはないさ。この前は、誘われたからきみの寝室に行ったんだ。誘われなければ何もしはしない。今晩は安心していいよ」

あざけられてもブレナの視線はぐらつかなかった。

「おやすみなさい、ネイサン」

ブレナは寝支度をしながら、となりの部屋にいるネイサンを強く意識していた。あの晩、ブレナのほうから誘ったというのは本当だった。大学の復活祭の休暇も終わりという日、家中で近所の牧場のパーティに出かけ、ネイサンがブレナのパートナーを務めた。それまで、あまり仲のよくないきょうだいとして接してきたため、いっしょに踊ったとき、ブレナは彼のたくましさにどきりとさせられた。人間を家畜のようにお金で買う、傲慢なウェイド家の一員としてしか彼を意識したくなかったのに、ワインのせいでまわりがぼうっと赤く輝き、車で家に帰るころには、ブレナは運転するネイサンの肩に頭をもたせかけていた。

レスリーとグラントは、ネイサンとブレナが惹《ひ》かれあっているのに気がつかないらしく、そのまま部屋に引きあげていった。結婚した二人は、たがいのことしか目に入らなかったから。

「わたしたちもベッドに行ったほうがよさそうね」かすれた声でそう言ったブレナの視線を、ネイサンが受け止めた。

「きみのベッドかい、それともぼくの？」ネイサンはふざけ半分に尋ねたが、半分は本気でもあった。

その瞬間、ブレナは崖《がけ》っぷちに立たされたような気がした。崖の向こうにある宝物がほしい。「わたしのベッドよ」とブレナは向こう見ずに答えた。

ネイサンはブレナのような未経験な若者ではなかったが、意外な返事に狼狽《ろうばい》したらしく、激しく息をのんだ。「十分後でいいかい？」尋ねたネイサンの声はしゃがれていた。

「五分後にしてちょうだい」ブレナは挑発し、笑い声をたてて自分の寝室に走っていった。

ブレナは頭がくらくらして楽しい気分だった。歌いながらシャワーを浴び、セクシーな子猫のようにベッドで丸くなったころ、ネイサンがそっとドアをノックして部屋に入ってきた。タオル地のバスローブをベルトで締めているだけの姿で。

「もっと楽なかっこうをなさったら？　裸になるの！」

ブレナはまちがっていた。ネイサンが身につけていたのは、タオル地のバスローブだけではない。息をのむような太ももに、黒のブリーフがぴたっとはりついている。

「それも脱いで」ブレナはハスキーな声で催促した。

「朝になったら後悔するんじゃないか？」ネイサンはためらって眉を寄せる。

「かもしれないわ。でも、〝あしたはまた別の日〟って言うでしょ？」

それでもネイサンはためらった。その姿はあかりのあたたかい光を浴びて、ちょうど金色《こんじき》の神像のようだった。「ぼくを嫌いにならないかい？」

「今よりも嫌いになるってこと？」ブレナはくすくす笑った。

「ブレナ……」

「こんなふうに相手の女性に尋ねていたら、恋人なんてひとりもできなかったはずよ」ブレナはふくれてみせ、上半身を起こして挑発するようにシーツを腰まで落とす。豊かな胸に誘うようなばら色の頂。

ブレナは自分が何をしているのかよくわかっていた。自分の行為を他人のように見つめながら、起ころうとしていることを止められなかったのだ。

「これはちがうんだ、ブレナ……」

「どうして？　相手がわたしだから？　そんなことは忘れてちょうだい。あなたにその気がなければ、きょうのパーティで関心を持ってくれた男性が何人もいるのよ！」

「そのことなら気がついたさ」ネイサンは怒ったように言うと、黒いブリーフを脱ぎ捨て、ベッドのブレナに身を寄せた。「きみはまるで魔女だよ、出会った男をみんな魔法にかけてしまう。そうさ、きみは魔女の血を引いているにちがいない！」

ネイサンに唇を求められ、ブレナはそれがネイサン・ウェイドだという意識のうずの中で、我を忘れて夢中になった。

ネイサンの手が体をたどり、唇が胸を愛撫すると、ブレナは彼の下でエクスタシーに身もだえし、体を弓なりにして脚をからめる。

しかし、ネイサンは何事においてもそうであるように、愛しあうときも時間をかけた。最後の一瞬を迎える前に、ブレナは何度も歓喜の頂に押し上げられ、自衛のために自分からネイサンの感覚を刺激し始めた。すると、たちまち彼はあえいで抑制できなくなる。

「だめだよ、急がないで」ネイサンはうめいてブレナを自分の上に引っ張り上げた。「このときをずっと待っていたんだ！　だけど、きみは……これが初めてかい？」ネイサンはむずかしい顔をしてブレナを見上げた。

「小さなことにこだわることはないわ」ブレナはもどかしげにしりぞけ、ネイサンの胸に歯をあてた。

「おばかさん、小さなことじゃないよ。子どもができるかもしれない……」

「子ども？」ブレナはとまどった声をあげたが、「ばかなことを言わないで」と一笑に付した。

「いいかい、ブレナ、もし妊娠したってぼくはかまわないんだ。きみとの子どもがほしいんだからね。どんなにきみを愛しているか！　結婚してくれるかい？」

「結婚ですって？」ブレナはあっけにとられて目をぱちぱちさせた。

「そうさ」ネイサンは体を回転させてブレナを下にすると、両手でそっと顔をつつみ、体をかさねた。

ブレナが痛みに息をのむのを、彼は唇を寄せて口の中で受け止め、同時に彼女を優しくなでた。

ブレナは返事をするどころか考えることさえできなかった。そのあと、ネイサンの汗ばんだ胸にほおをのせていたとき、また結婚のことを持ち出されたのだ。

「ぼくと結婚してくれるかい、魔女さん？」ネイサンはブレナの背中の髪をもてあそんでいる。

ブレナはひるんだ。ネイサンの父親は、ほしいものはなんでも当然のように手に入れた男だ。二人の息子にも、自分と同じことをしてよいと教えこんだ。そうと知っていて結婚することができるだろうか。

「まだ大学を卒業しなくちゃいけないわ」ブレナは質問をはぐらかした。

「大学をやめてくれなんて言うつもりはないよ。あと数カ月待つくらいなんでもないさ」ネイサンは甘やかすように言った。

「それじゃ、卒業を待って決めることにしましょうよ」

「いいとも。ただ、これだけは忘れないでくれ。きみを愛しているんだ」

ブレナはネイサンに一晩中愛され続け、翌日空港で彼と別れたときは、もうぐったりとしていた。ロンドンに向かう飛行機の中でも、ブレナは疲労のあまり眠るばかりだった。本当なら、前夜の自分の行動について真剣に考え、なぜネイサンをベッドに誘う気になったのか、答えを出さなければいけなかったのに。

しかし、結局のところ、そのこともネイサンのプロポーズも、考えてみる必要はなかったのだ。なぜなら、楽天家のだめなほうの見本である父親に空港で出迎えられ、ブレナは父親をここまでだめにしてしまったのがウェイド一族であることを思い出したからだ。道々ウイスキーをあおる父から、改めてウェイド一族への恨みを聞かされるまでもなかった。

3

ブレナは電話のベルで目をさました。もうお昼だわ——ブレナはベッドの横の時計を見てうなった。まもなく十二時だった。どうしてネイサンは電話に出てくれないのかしら？　どこにいても必ず六時に起きる人なのに。

八回目のベルが鳴るころ、ネイサンがアパートにいないことに気がついた。でなければ、電話に出ているはずだ。ブレナはベッドをはい出し、ひざのあたりまでくるニックのTシャツを着ると、電話をとって弱々しい声で応答した。

とたんにキャロリンにたしなめられる。「だめじゃない、ロンドンでは自分から名乗らないこと。いたずら電話かもしれないのよ」

「だいじょうぶよ。ネイサンがいれば、いたずら電話もかかってこないわ」

「すると、そのくたびれた声は、ハンサムな義理のお兄さまのせいかしら？」

「いいえ、ちがうわ」少なくとも、キャロリンの言う意味とはちがう。ブレナはいったん、あのカナダでの最後の夜を思い出すと、どうしても頭から振り払うことができず、朝がたまで寝つけなかったのだ。

「なあんだ。それで、お兄さまはいらして？」

「それが、いないみたいなの……ちょっと待って」

ブレナはメモ用紙を自分のほうに向け、そこに大きく書かれた男性的な文字を読む。「ネイサンは出かけているわ」とため息まじりに答えた。

「がっかりだわ。お花のお礼を言いたかったのに」

「お花って？」ブレナは顔をしかめた。眠くて頭がぼうっとしている。

「彼がわたしに送ってくれたお花よ、おばかさんね」キャロリンは笑ってから、はしゃいだ声でつけ加えた。「茎の長い白ばらを一ダースいただいたわ」

ネイサンが花を送った理由に気づき、ブレナはやっと頭のもやが晴れた。思いがけなかったが、とにかくネイサンの思いやりがうれしかった。

「カードがそえてあったわ。きのうの失礼のおわびにって。わたしは特に彼が失礼だとは思わなかったけど……」

「ネイサンの態度はひどかったわ」ブレナはきっぱり否定した。ここでさえぎらなければ、キャロリンはネイサンの見当ちがいを、きっと自分自身のせいにするにちがいない。

「ネイサンはただ……」

「聞いたのよ。わたしが荷づくりしていたときにネイサンがなんて言ったか。本当に失礼だわ」

「ちょっと、あんなに心配してくれるお兄さまがいるなんて、あなた幸せものよ。ネイサンは思いもよらない状況にぶつかったんですもの、責めたら気の毒だわ――あなた、何も説明していなかったんでしょ、彼としてはああ思っても仕方がないわ」

「説明されるのを待てばよかったのよ……」

「わたしに色っぽくせまられても？」キャロリンが笑った。「たぶん、仲間に引きずりこもうとしていると思ったんじゃないかしら」

たぶんではなく、ネイサンはまさにそう思ったのだ。「キャロリン、彼を弁護するのはやめてちょうだい」

「白いばらを送ってくれる男性なら、だれでも弁護しちゃうわ。ネイサンがまだいらっしゃるなら、改めてお礼を申し上げなきゃ。ところで、あなた、きょうはアパートにいるかしら？」

「ロンドンに戻ってくるつもりなの？」ブレナはうめくような声をあげた。キャロリンが町に帰って、いつものめまぐるしい社交生活に戻ったら、本の締め切りにはぜったいに間に合わないだろう。

「そんな心配そうな声を出さないで」とキャロリンが笑った。「あなたが帰ったあと、まじめに仕事したんだから。物語は徹夜で完成させたわ。それでニックとわたしは、ごほうびに楽しく過ごすつもりなの。ロンドンに戻るついでに、物語の残りを届けようかと思ったんだけど、ネイサンがアパートにいらしたら、仕事なんかする気になれないわね」

「ネイサンから離れられる口実ができればうれしいわ」

キャロリンがくすくす笑った。「彼は長く滞在するの？」

「知るものですか。なにしろ勝手な人ですもの」

「わたしに言わせれば、ネイサンはとてもセクシーで……」

「キャロリン！」

「ごめんなさい、くせになっているの」キャロリンが顔をしかめたのが声でわかる。「かわいそうなニック、わたしと結婚したら、きっともてあますでしょうね！」

「ご当人はたいして気にしていないようよ」ブレナはニックがキャロリンに夢中なことを冷やかした。

「それもそうね」とキャロリンが笑う。「じゃあ、お姉さまにもお会いできるかしら」

「それが……姉は今いないのよ。親戚《しんせき》のところに行っているの」ブレナはあわてて言いわけをした。

「残念だわ。でも、ネイサンにはまた会えるわね」

「お行儀よくしてね！」

「お行儀のいいわたしなんて、見たことある？」

「一度もないわ。だから心配なのよ！」

「心配することないわ」キャロリンが笑った。「ネイサンは自分の面倒くらい見られるわよ」

それは火を見るよりあきらかだ。「実を言うと、わたしはあなたのことが心配で……」

「ブレナ、つまらないことでやきもきしないで。ネイサンもわたしも大人なのよ。じゃあ、あとでね」

キャロリンは電話を切った。

ブレナはこんなに寝ぼうをしたことが信じられなかった。それでも、今すぐ電話をすれば、父が昼食のために会社を出る前につかまえられるだろう。ウエイド一族は父のことなど忘れてしまったかもしれないが、レスリーの実の父親なのだ。娘の身に何があったか知る権利がある。

「思ったとおりだ」後ろからネイサンの声がして、ブレナは飛び上がりそうになった。「Tシャツを着ているほうが、裸よりよほど目に毒だぞ」

ブレナは考えこんでいたので、ネイサンが入ってきたのに気がつかなかった。彼の視線が、だぶだぶのTシャツをはおったブレナの胸もとから、心をそそる長い脚へと移っていく。

「たばこのように、きみにも健康に毒だと書いておくほうがいいな。きみを見たら、どんな男だってくらっとするよ！」

ブレナはどぎまぎしてほおを染めた。「あなたにそんなことを言われるすじあいはないわ！」

「ああ、たぶんね」とネイサンは嘆息した。「かまわなかったかな。玄関の鍵《かぎ》を借りて出たんで、勝手に上がらせてもらったよ。留守中に電話があったのかい？」ブレナがまだ電話のそばに立っていたので、説明を求めるように眉を上げた。

「キャロリンから。あなたにばらのお礼を言うために電話してきたの。お花を送るなんて、思いやりのあることね、ネイサン」

「とんでもない。彼女に謝らなきゃいけなかったからそうしたまでさ。ぼくにできる唯一の方法でね」

「けさはどこにいらしたの？」尋ねられて、ネイサンはメモのほうに目をやる。「出かけるとしか書いてないわ」

「別にあてはなかったからね。けさは四時に起きたんで、きみの目をさまさないように気をつかったよ。けど、八時になるころには、むだなことをしたものだと思ったね。きみときたら、起きる気配もないんだから！　それで朝食をとりに出かけたのさ。ついでに散歩もしてきた。まさか、昼まで寝る習慣がついたとは知らなかったよ」ネイサンはいやみたっぷりに言った。

ブレナも辛辣《しんらつ》に切り返す。「友だちがだらしないせいでしょ。それじゃ、失礼して身なりを整えたら出かけるわ。一時間かそこらで帰るつもりよ」ネイサンと話しているうちに正午を過ぎていた。ブレナの父親は、いつも十二時きっかりに昼食をとりに会社を出る。でも、お父さんの行きつけの店はわかっている。きっと、あそこで会えるはずだ。

「ボーイフレンドに会うの？」ネイサンが目を細め

た。

「ちがうわ！」ブレナはかっとなった。

「二、三日、友だちに会うのはのばせないかな？

レスリーの問題がかたづくまで」

ブレナの目が深い緑に変わった。「友だちに会うのでもないわ！」

「じゃあ、だれに会うんだい？」

ブレナは見つめてくるネイサンの目を負けずに見返した。「父には知る権利があると思うの。娘が夫を捨てて姿を消したんですもの」

「きみたちのお父さんのことかい？」ネイサンの口調は荒々しく、引き結んだ口もとも険しい。

「もちろんよ」

「いつからお父さんと会うようになったんだ？」

ブレナはネイサンにつかまれそうになり、くるりと身をかわす。「まるで、わたしの意思で父と会わなかったみたいな言いかたね。十二歳のときから父に会えなかったのは、ウェイド家のせいなのよ。四年前にイギリスに戻って、すぐに父を訪ねたわ」

「なぜ？」

「なぜってどういう意味？　あなたたちがなんと言おうと、父はわたしの父に変わりないわ！」

「なんでもかんでもぼくらのせいにしないでくれ。きみのお父さんが酒飲みになったのは、ウェイド家のせいじゃない」

「そうかしら？　家族を奪われた男は、お酒に走るものよ」

「きみのお父さんが家族を失ったのは、家族をほったらかしにしたせいだ！」

二人はにらみあった。ネイサンはきのうと同じジーンズに、半そでのコットンシャツ姿。シャツの色は、目と同じシルバーグレーだ。ブレナは自分のほうが服を着ていない分、不利だと思ったが、そんなことは気にしていられない。

「あなたのお父さんが、父を今のようにしたのよ」

「他人を酒飲みになんかできるものか！」

「〝馬を水辺まで連れていくことはできても、水を飲ませることはできない〟というわけね？ たしかにそうだわ。でも、飲まずにいられない状況に追いこむことはできるはずよ」

「きみのお父さんは、酒と縁の切れたことのない人さ」ネイサンはうんざりして言った。

ブレナがきゅっと口の端をねじ曲げる。「そう思いたいでしょうけど、真実はちがうわ」

「ブレナ……」

「父に会いに行くわ。あなたがどう言おうと」

「会いに行くなと言ってるんじゃない」ネイサンは豊かな黒髪をかき上げた。「お父さんに会っていることを、きみが一度も話さなかったからだ」

「話す必要があって？」

「隠す気がなければね」ネイサンはおもむろにうなずいた。

ブレナの目がきらりと光った。「あの人はわたしの父よ。会いたいときに会うわ。だれの許しもいらないはずよ！」

「許しがいるとは言っていない」

「でも、そうほのめかしたわ」

「きみのお父さんは病人なんだよ。アルコール中毒は病気なんだ……」

「それなら、よけい父のことが気がかりだわ！」

ネイサンはブレナの頑固さに深い吐息をもらし、やわらかに尋ねた。「いっしょに行ってもいいかい？」

ブレナは皮肉な笑い声をたてた。「父は一カ月近くお酒に手をふれていないのよ。ウェイド家の人間を連れていったりしたら、たちまちウイスキーをがぶ飲みしちゃうわ！」

「きみだって、禁酒が長続きしないことはわかっているんだろう、お父さんが少しのあいだも酒をやめられないってことは？」

「ええ、わかっているわ。でも、父が禁酒をしているうちは、できるだけはげましてあげたいの」

「それは立派だが……」

ブレナはいらだちを抑えてさえぎった。「もう出かけなきゃ。おなかがすいたら、冷蔵庫に食べものがあるわ。わたしは外ですませてきます」

行きすぎようとしたブレナの腕をネイサンがつかんだ。彼の指は細いが力があった。彼は「いつ帰ってくる？」と怒ったように乱暴な口調で尋ねた。

「一時間ほどで帰ると言ったでしょ。それから、レスリーがひょっこり姿を見せても脅かしたりしないでね」ブレナはため息まじりに言った。「でないと、また姿を隠してしまうわ！」

ネイサンは口もとを引き締めた。「信じようが信じまいが、レスリーは昔からぼくに好意を持ってくれたよ」

「レスリーも趣味が悪いから……ネイサン、やめて！」ブレナは彼に引き寄せられそうになって叫んだ。「わたしにさわらないで！」

ネイサンはこわい顔をして、ゆっくりと手を放す。

「ひどくぴりぴりしているんだな、まるで驚きやすい……」

「雌馬みたいだ、でしょ」ブレナは肉体的に脅かされて、体ががくがく震えている。「これもあなたに教わったせりふだわ。あのときは、牧場の手伝いに来ていた人と言いあっていたわね？」

ネイサンはしかめっつらをして手をジーンズのポケットに入れた。「あのころはぼくも若かった。それに、盗み聞きはよくないぞ」

「あなたがたは、わたしの寝室の真下に立っていたのよ」

ネイサンは苦い顔だ。「それでも聞いちゃいけなかったんだ」

ブレナは笑って冷やかした。「その後、ケイ・マックレイはどうしているの？」ケイは当時ネイサンのガールフレンドだった。そして、ネイサンはケイに向かって雌馬みたいだと言ったのだ。

ネイサンがしぶしぶ答える。「彼女なら結婚して、子どもも三人いるよ」

「じゃあ、ケイがそれほどぴりぴりしていたのは、そのときいっしょだった雄馬のせいね」ブレナは皮肉を言うなり部屋を飛び出し、浴室に入って鍵をかけた。ネイサンが怒って追いかけてきたからだ。

ブレナは震えながら息を吐き出した。なんとか、きょうだいとして距離をおこうとしているのに、ネイサンは兄としての一線を越えてばかりいる。もし機先を制していなければ、今ごろはネイサンの腕の中だったにちがいない。

数分後、ブレナが寝室から戻ってくると、ネイサンはキッチンでコーヒーを飲んでいた。「あまり食べると、中年ぶとりになるわよ」ブレナは彼がビスケットをつまんでいるたる形の容器を指した。

「さっさと出ていかないと、ひざの上にうつぶせにして、おしりをたたいてやるぞ！」

「やってみたらいかが。十七歳のときならともかく、二十二歳にもなれば、お返しするかもしれなくてよ！」

「じゃあ、ためしてみようか……」ネイサンは威嚇するように立ち上がりかける。

ブレナは体裁を保ちながらも急いで立ち去った。お返しをすると言ったせいで、ネイサンのいらだちがつのり、脅しを実行しかねないとわかったからだ。

ブレナの父親は、行きつけのレストランで、いつものテーブルにすわっていた。食事といっしょに水のグラスがあるのを見て、ブレナは胸をなでおろした。なぜなら、父親がいつまた酒びたりになっても不思議はなかったからだ。この四年間、ブレナはアルコールが父に及ぼす影響をずっと心配してきた。彼女の父親は、とにかく少しのあいだも酒をやめられないらしい。認めるのはつらいが、父はいつの日か酒で命を落とすことになるだろう。

「やあ、おまえ」ブレナが近づくと、アンドリュー・ジョーダンは娘が来たことに驚いて立ち上がった。長身でしなやかな身のこなし。神経の休まるひまのない人生を送ってきた男だ。「ウェールズのコテージに行っていたんじゃないのかね?」

「ううん、カンブリアよ、お父さん」ブレナは軽い調子で訂正した。父親がときどき思いちがいをするのには慣れている。ウェイターがメニューを持ってくると、ブレナはありがとうとほほえんでみせた。

「何があったんだね?」父親が敏感に察した。

「何がって?」ブレナはさりげなく返事を遅らせる。

「レスリーがグラントとちょっともめた以外は、すべて順調だわ」

父親のヘーゼル色の目が細められた。「〝ちょっと〟というのは、どの程度のことかな?」

「お父さんが心配することはないわ」ここに来る途中、ブレナはタクシーの中で考え直した。レスリーの失踪《しっそう》で父をわずらわすのはやめておこう。禁酒しようとがんばっているところに、またお酒を飲みだすきっかけを与えたくない。父にはなんでも話してきたけれど、今度の一件で心配させてもなんにもならないからだ。「よく妊婦は興奮しやすいって言うでしょ」

「それはそうだが、レスリーは性格の穏やかな娘だと思っていたよ」父親は眉をひそめた。

レスリーがふくれたところを見たら、お父さんだってそうは思わないわ! レスリーが穏やかなのは、決心がかたまらないうちのこと。いったんこうと決めたら別人のようになる。

「そうね」とブレナはうなずいた。「きっと、すぐに解決すると思うわ。お父さんは何を注文したの？」ブレナは話題を変え、父親がフルーツのカッテージチーズぞえを頼んだのを知ると同じものにした。

ブレナがアパートに帰ったのは、ちょうど一時間後だった。ネイサンがソファで眠っていたので、足音を忍ばせ、居間を通り抜ける。時差ぼけはつらいものだし、何度飛行機に乗っても楽にならない。

アトリエは手をふれたようすもなく、ベッドもきちんと整えてあった。ブレナはそれから一時間半のあいだ、《コアラのコーリー》のさし絵を描《か》いた。居間はネイサンが眠り続けているため物音一つしなかった。

玄関のチャイムが鳴ったとき、ブレナは彼の目をさまさせないように急いで出ていき、キャロリンをそっと中に招き入れた。

「持ってきたわ……どうしたの？」ブレナがしっと唇に指をあてたので、キャロリンは怪訝《けげん》な顔になる。

「ネイサンが眠っているの、だから……」

「いや、起きているよ」ネイサンが居間の入口に現れた。髪も服もくしゃくしゃで、とろんとした眠そうな目がセクシーだ。

「おじゃましちゃったかしら？」キャロリンはネイサンのようすを見て、すっかり誤解している。

「とんでもないわ」

「なかなかチャンスがつかめなくてね」ネイサンはブレナの怒った顔を見てにやりとし、猫のようにしなやかなのびをする。

キャロリンはとがめるようにブレナのほうを向いた。「彼はあなたに気づきもしないと言ったじゃない！」

ブレナはネイサンの愉快そうな目つきに、内心ぎくりとした。

「そんなことはないさ。ぼくは気がついていたけど、ブレナの逃げ足のほうが速かったんだ！」

「あなたがそんな小さなことで頭を悩ますなんて」キャロリンはネイサンをからかうと、彼に腕をからめて居間に入った。

「もう、ブレナには恋人がいるんじゃないかな？」ネイサンは尋ねるように黒い眉を上げる。

「いるはずがないわ」キャロリンは即座に首を横に振った。「実は、彼女って男性恐怖症の気があるんじゃないかと思うの」

「キャロリン！」勝手な憶測にブレナは抗議した——見当ちがいもはなはだしいわ。

「ブレナがかい？」ネイサンは抗議を無視して、細めた目をブレナに向けてくる。

キャロリンはうなずいた。「わたしにはそう思えるの。ブレナときたら、ほとんどデートはしないし、デートをしても一回でおしまいなんですもの」

「本当かい？」ネイサンの目は、赤い顔をしたブレナにくぎづけになっている。

「ええ」キャロリンはブレナを見て眉を寄せた。「前にいやな経験をしたんじゃないかしら」

ブレナはいらいらしてさえぎった。「キャロリン、もうたくさんよ。めったにデートをしないのは、ただしたくないからにすぎないわ。信じてもらえないかもしれないけど、わたしの生活は男性中心じゃないのよ！」

「あいたっ！」キャロリンは傷ついた顔をしてみせ、明るい口調でネイサンに断言する。「今のはわたしへのあてこすりにちがいないわ」

ブレナは赤面した。「あなたのことを言ったんじゃないわ。女性には男性が必要だと思っている人のことよ」

「でも、女性には男性が必要よ。わたしはひとりで生きていこうなんて思わないわ！」

「理想の女性だね」ネイサンはほれぼれとした笑顔をキャロリンに向けた。

にやけたカウボーイなんて！　ブレナは心の中でネイサンを非難した。きのうはキャロリンにあいさつもしなかったくせに、今はすっかり鼻の下を長くしている。それに、キャロリンもキャロリンだ。ばらのお礼を言うのに、あんなにネイサンのご機嫌をとったりして。

キャロリンはやっと自分たち二人きりでないのに気づいたらしく、届けに来た物語の続きをブレナにさし出した。「わたしの二番目の子どもよ、大切にしてね。週末はニックとニューヨークに行くことになっているの」

「でも、きょうはもう木曜日よ」

キャロリンは肩をすくめた。「ニックは向こうに用事があるし、わたしもお店をのぞきたくてたまらないの！　絵が仕上がったら、いっしょに出版社に送ってくれればいいわ」キャロリンは気楽にかたづけ、上気した顔をネイサンに向ける。「またお目にかかれて楽しかったわ。ニューヨークから戻ったら、みんなでお食事でもどうかしら？」

「それまでロンドンにいるかどうかわからないんだ。戻ったとき、ブレナのところに電話してくれるかい？」

「いいわ」キャロリンがにっこりした。「じゃあ、失礼しなきゃ。ニックが車の中で待っているの」

キャロリンはふわりと高級な香水の香りをさせて去り、あとには気づまりな沈黙が残った。ブレナは二人に腹を立てていたが、理由はよくわからなかった。二人が勝手にブレナの社交生活をあげつらったせいなのか、ブレナがその場にいないかのようにべたべたしていたせいなのか……。

「キャロリンの調子に合わせていくのはたいへんだろうな」ネイサンがぼそっとつぶやいた。

「ニックは慣れているわ。それどころか、楽しんでいるみたい。彼はキャロリンと知りあうまで、人生に退屈していたの。今では退屈するひまもないけど」ブレナは哀れむようにつけ加えた。

「ニック・バンクロフトか。どこかで聞いたような気がするな。まさか……ドミニク・バンクロフトの？」

ブレナは首をたてに振った。「あの石油長者の跡継ぎよ。彼にもっと礼儀正しくしておけばよかったと後悔しているの？」

ネイサンは口もとをこわばらせた。「ぼくは金持にへつらったりしないさ」

ブレナが顔をしかめる。「以前のニックはね、自分のことばかり考えているうぬぼれ屋だったの。でも、キャロリンのおかげですっかり変わったわ。キャロリンとつきあっていると気が抜けないから、自分のことを考えているひまがないのよ！」

「想像がつくよ。作家の収入で、彼女のような暮らしかたができるとは思えない」

ブレナの目がきらっと光った。「いいこと、キャロリンは自分で生計を立てているのよ。彼女はニックのお金には興味がないの、もしそれがあなたの考えていることならね。キャロリンは宝石が好きじゃないし、毛皮も大嫌いだわ。旅行だけは目がないけど、そのくらいのお金なら彼女にも払えるのよ！」

「本気にしないかもしれないが、ぼくはキャロリンに好意を持っている。文句をつける気なんかないんだ」ネイサンがきつい調子で言った。

「でも、批判がましく聞こえたわ」

「きみの先入観のせいさ。ところでブレナ、どうしてデートしないんだ？」

思いがけない質問にブレナは緊張した。ネイサンがキャロリンのことばに気をとめたとは思わなかった。彼が見過ごすはずはないのに。ブレナは心を静めて答えた。「気が向けばデートもするわ」

「だが、真剣じゃないんだろう？」

「キャロリンが言ったように、前に不愉快な経験をしたせいよ」ブレナはあてこするように彼を見た。

ネイサンの目が細められ、氷の細長いかけらのようになる。「あの晩のことは何一つ不愉快じゃなかった。もう一度と、ずっと思っていたよ」

ブレナの表情が凍りついた。「あなたのベッドに来てくれる女性なら、あれからだって大勢いたはずだわ！」

ネイサンはあっさり認める。「ほんの数人さ。けど、だからと言って実際にベッドをともにしたとは言っていない」ブレナが軽蔑《けいべつ》して唇をゆがめたので、厳しい声でつけ加えた。

「わたしの友だちは、よくあなたのうわさをしていたものよ。あなたに恋人がいなかったのは、いちばん長くて二カ月だって教えてもらったわ。それもスキーで足の骨を折ったせいだって！」

「六週間さ。看護師の中に親切な人がいてね」

「ほら、ごらんなさい。あなたが一年以上もひとりでいたはずがないわ」

「レスリーから聞かなかったのかい？　きみたちはなんでも話しあっていたじゃないか」

「あなたのことは知りたくないと言っておいたわ」

ネイサンは疲れきったようにため息をついた。

「この話はまたにしないか？　お父さんは元気だったの？」

「知りたくもないくせに」

「ばかだな、知りたいさ」

「ウェイド一族は、踏みつけにした犠牲者がどうなったか、知らずにはすませられないというわけ？」

「ブレナ、きみはきみのお父さんとぼくらの関係を誤解している……」

「そうは思わないわ」ブレナはかん高い声で言うと、

背を向けた。ブレナは気づかなかったが、その瞬間の、彼女のぴんと張りつめた肩は無防備で、見つめていたネイサンは本能的に手をのばした。「いや！」ブレナが逃げようとしたところを彼はしっかりとつかまえ、自分のほうに向かせて彼女の顔を胸に押しあてる。親指でそっとほおを愛撫《あいぶ》した。

「こうしたかったんだ」ネイサンは彼女の髪に顔を寄せ、うめくように言った。「それはぼくだけじゃないはずだ！」

「ネイサン、やめて！」言ったとたんに口をふさがれ、ネイサンの引きしまった唇が優しい動きを始めると、ブレナは抵抗する気力もなえてしまう。

しびれるようなキスがますます深まり、ブレナは波間でただよっているような気がした。ネイサンは彼女のやわらかな胸を自分の胸にぎゅっと引き寄せ、両手で顔をつつみこみ、むさぼるようなキスを繰り返した。

玄関のチャイムが鳴っても、長いあいだ拒みあっていた恋人たちには、やかましいじゃまものでしかない。ブレナはしつこいチャイムの音に抗議するようにつぶやき、自分から唇を彼の唇に押しあてる。

とうとうネイサンが目を上げた。「だれか来る予定だったの？」

「いいえ。でも……レスリーだわ！」ブレナはネイサンから身を離し、走っていって玄関をあけた。

レスリーだった。不幸せな妊婦の彼女は、ブレナの腕の中に身を投げて泣きじゃくった。「家には帰れないわ。帰るわけにいかないの！」

ブレナは泣いているレスリーを抱きしめ、ようやく姉が来てくれたことにほっとするあまり、ネイサンが後ろに来ても気づかずにいた。妊娠したレスリーは、内から光り輝くように美しかった。肩まである黒髪はつややかでふさふさとし、ヘーゼル色の瞳も澄みきって健康そのものだ。そして赤ちゃんの分だけゆるやかなカーブが見られるほかは、少しもふとっていないようだった。けれど、悲しげに下がった口もとや青ざめたほお、目もとのかげりに、この数日の苦悩が表れている。

ネイサンが目を細めて二人を見つめているのに、レスリーのほうが気がついた。「ネイサン……」レスリーはあえぐように言うと、ブレナからあとずさりし、逃げ出そうと身がまえる。「ここで彼は何をしているの？」

ブレナは姉に疑われて、胸を刺すような痛みを覚えた。ネイサンはレスリーが彼に好意を持っていると言ったけれど、レスリーは今にも逃げ出したいというようすだ。

「ばかげた質問だな」ネイサンはきっぱりした口調でたしなめ、近づいてレスリーの腕をとると、居間に連れていった。「きみのことをみんな心配していたんだぞ」ネイサンはレスリーをソファにすわらせるなり小言を言った。「グラントも？」レスリーがうわずった声で尋ねた。その目は反抗的で、口もともぶるぶると震えている。

「グラントはとりわけ心配しているさ」

「だから、あなたがここにいて、彼はいないわけね？」レスリーは苦々しく言った。

ネイサンは助けを求めてブレナに目をやる。二人はたがいの腕の中でほとばしるような情熱をわかちあったばかりだが、もはや自分たちのことは念頭から消えていた。レスリーにみんなが愛していること、助けたいと思っていることをわからせたい。

ブレナは姉の前にひざをつき、姉のひやりと冷たい手を自分の手でつつみこんだ。「わたしもグラントと電話で話をしたの。彼はとても心配していたわ」

「わたしのことを？　それともおなかの赤ちゃんのことかしら？」

ネイサンが鋭く息をのんだ。彼を見上げたブレナは冷たくこわばった目に見返された。そのわけなら考えるまでもない。ブレナがきのう非難をこめて言ったことを、レスリーがなぞるように繰り返したからだ。きっと、ネイサンは……いいえ、彼がどう思おうとかまわないわ、レスリーのことが先決だ。

「グラントがお姉さんを愛しているのはわかっているでしょ」

「いいえ。愛されていると思っていたけど、わたしの勘ちがいだったのよ」

「レスリー、たとえグラントが何をしたとしても……」

「その話はしたくないわ」レスリーは硬い声でネイサンに言った。

「でも、話してくれなきゃ……」

「だめよ」レスリーは大儀そうに頭を振る。「考えるのもいやなの」

ブレナは途方に暮れてネイサンのほうを向いた。こんな姉は今まで見たことがない。ぼんやりしているし、ひどく頑固だ。

「レスリー、今からグラントに電話するよ」ネイサンがきびきびと言った。

レスリーは緊張して、震え声で答えた。「グラントとは話したくないわ」

「だれも話せとは言っていない。ただ、グラントはきみの夫なんだから、無事だったことくらい知らせてやってもいいだろう。この四日間、きみの行方さえわからなかったんだ」

「オックスフォードに行ったのよ。わたしが……わたしたちが子どものころ、住んでいたところなの」

姉の行き先は、ブレナには思いもよらなかった。考えつかなかったことを目でネイサンにわびる。レスリーは昔からオックスフォードが好きだった。あそこに行くかもしれないと、なぜ気がつかなかったのだろう。

ブレナは元気づけるように姉の手を握った。「やはりグラントに電話しないわけにはいかないわ。でも、話したくなければ、話さなくてもいいのよ」

「話したくないわ」レスリーは強く首を振った。

ブレナは電話をかけようとしているネイサンに向かって肩をすくめ、心配そうに姉を見守った。レスリーとグラントの行きちがいはブレナが思っていたよりはるかに深刻だ。妊婦は興奮しやすいと父に言ったことばを、実はなかば信じていたのに、レスリーはちっとも興奮していない――あまりにも静かすぎる。

グラントと話すネイサンの声が、半分くらいブレナにも聞きとれた。グラントが妻と話したがっていることは、ネイサンがだめだと言いながら、こちらをちらちら見ることでもわかる。しかし、レスリーは何事もないように無視し続けた。

ネイサンが電話の送話口を手でふさぐ。グラントに、どうしても妻と話したいと言われたのだろう。

「レスリー？」とネイサンは渋面をつくった。

レスリーは迷わず首を左右に振った。ネイサンのほうをちらりとも見ないで、反抗的に口をこわばらせている。

「グラントは、きみがカナダに帰ってこないなら、自分がこっちに来ると言っているんだよ」ネイサンが穏やかに言った。

レスリーの目に狼狽《ろうばい》の色が広がった。「来てほしくなんかないわ！」

「今のグラントは、きみの言うことを素直に聞くような状態ではないと思うが」

「いやよ」レスリーが悲痛な声をあげる。「ブレナ、どうすればいいの？」

ブレナの目に同情があふれる。ブレナは姉より二つ年下なのに、ずっと年上のような気がした。「帰ったほうがいいと思うわ」と優しくうながした。

レスリーは妹の手を痛いほどつかんだ。「あなたがいっしょに来てくれたら帰るわ！」

「そんな……」

「ブレナ！」ネイサンがきしるような声で注意した。

ネイサンもレスリーも、わたしに何を頼んでいるかわかっていないんだわ。でも、姉にどうしてもと言われれば、わたしがカナダに帰ることをどう思っているかは二の次にするしかない。ブレナは承諾のしるしに黙ってうなずいた。ネイサンの目が勝ち誇って輝くところは見たくなかったのに……。ネイサンは電話に向かうと、三人ともカナダに帰るとグラントに告げた。

4

カルガリーは、いかにもカナダ西部の都市らしく、大勢の人たちの労苦と重労働で築き上げられたという印象を受ける。アルバータ州の丘陵地帯に細長くのびるこの都市は、中心にタワーとそれをとりまく超高層ビルが林立し、周辺で発見された石油のおかげでうるおい発展してきた。そして、はるかなロッキー山脈に向かって美しい住宅群が広がっている。カルガリーの町はいつも活気にあふれ、まるでハミングしているかのようだ。人々はジーンズにカジュアルなシャツを着、男性は例のつばの広い帽子をかぶることが多いので、一見したところ純朴そのものに見える。カルガリーと近隣の小さな町の人々は、そんな暮らしかたが気に入っているのだ。

ウェイド牧場は、町から二十五キロほど行ったところにある。家は丘の頂上に建てられ、四方に窓があるため、どこからでも、そびえ立つロッキー山脈とカルガリーの町を望むことができた。

見渡すかぎり牛が草をはみ、家のそばでは十頭あまりの馬が調教されている。何もかも一年前とそっくりだが、ネイサンが玄関前にカマロを止めると、ブレナはやはり緊張してしまう。グラントには、家で待っているようにと言ってあった。レスリーは疲れて神経が高ぶっているので、そうしておいて賢明だったようだ。もし空港でグラントが出迎えたら、どんな騒ぎになっていたか知れない。

ネイサンはカマロからレスリーを助けおろし、ブレナが後ろの座席から出られるようにシートを前に倒す。日が暮れるころだというのに、空はまだ穏やかな青空で、空気もあたたかくすがすがしい。ブレナは深呼吸してから二人とともに家の中に入った。

グラントが玄関ホールまで迎えに出ると、レスリーは彼を見るなり、わっと泣きだし、バンガロー風の建物の玄関から走り去った。彼女の寝室のドアが、ばたんと閉まる音が聞こえる。

「幸先《さいさき》のいいスタートだな」グラントが震え声で言った。この数日で、彼もひどく憔悴《しょうすい》していた。ほお骨のあたりが引きつれ、目も苦渋のためにどんよりしている。「レスリーのところに行ったほうがいいかな？」グラントは頼りなげにブレナを見た。

こんな質問をするなんて、レスリーに家出をされて、彼がどんなに動揺したかというしるしだ、とブレナは思った。ふだんのグラントは、ネイサンと同じくらい自信と誇りにあふれているのだから。「今はそっとしておいてあげたら」ブレナは優しく助言した。レスリーは結婚して四年になる夫からなぜ逃げ出したのか、まだブレナにも話していなかった。

アパートで一つベッドに寝た夜も、カナダに帰る飛行機の中でも、時間ならいくらもあったのに。きっと、今はグラントとも話したくないにちがいない。

「あとで、レスリーに夕食を持っていってみるわ。たぶん、あしたになれば……」

「そうだね、あしたになれば話もできるだろう」グラントはがっかりしたようすで背を向け、書斎に入ってドアを閉めた。

「ネイサン?」ブレナは当惑し、悲しそうな顔を彼に向ける。

ネイサンは口もとをゆがめ形だけほほえんで言った。「きみには、とんだ帰郷になってしまったね」

ネイサンの言いたいことはわかった。これまでも家族が口論することはあったし、ブレナはたいていその真っただ中にいたけれど、こんなことは初めてだった。争ったことのなかったレスリーとグラント夫婦が、ばらばらになりかけているのだ。

「きっと、うまくいくわ。まあ、ミンディ!」家政婦のミンディが姿を見せたので、ブレナははしゃいで声をかける。「また会えてうれしいわ」

抱きついたブレナを、家政婦はよそよそしく受け止めた。「あなたのお部屋は整えておきましたよ――それとも、別の部屋のほうがよかったかしら?」

「いいえ、あの部屋でけっこうよ」ブレナはミンディの冷淡さに眉をひそめた。ネイサンとグラントの母親であるクリスティン・ウェイドは、長患いの末に亡くなったため、ミンディ・フレッチャーが兄弟の世話を引き受け、母親がわりになったのだった。

そして、レスリーとブレナが巣から落ちたひなのようなようすでこの家に来たときも、同じ思いやりを示してくれた。だのに、今は思いやりのかけらもない。ミンディは、ブレナを家族の一員というより客として扱っている。本当になんという帰郷かしら。

「もうすぐ夕食の用意ができますから、シャワーを浴びるなら今のうちになさってください」ミンディが言った。

「レスリーにお食事を運んであげたいんだけど」

「それならわたしが。あなたの手をわずらわせるようなことじゃありません」

「あら、でも……」

「それとも、レスリーはわたしに会いたくないとでも？」ミンディは白髪まじりの眉をつり上げた。ミンディの黒い巻き毛も眉に劣らず威圧的だし、困難を乗り越えてきた顔は、あたたかいけれどいかめしかった。そして、ズボンとブラウスの上には、いつも青か茶のスモックを着ている。

ブレナが穏やかに言った。「レスリーは会いたがっているにちがいないわ。ただ、わたしは……」

ミンディは背を向け、台所に戻ってしまった。

〝自分がどんなに恵まれているかわからない気まぐれな若い娘たち〟について、ぶつぶつ言うのが聞こえてくる。

ブレナが物問いたげな目を向けると、ネイサンはにやりとした。「きみが家に帰ってこなかったことを、ミンディはどうしても許せないんだよ」彼はブレナのスーツケースを持って階段を上がり始める。屋根裏部屋がブレナの寝室だった。

ネイサンのあとについて、ブレナは階段をのぼりきったところにある自分の部屋に入った。この部屋だけ、窓が、傾斜した天井まで届いている。ブレナは小さいときから絵を描《か》くのが好きだったので、パトリック・ウェイドが彼女のために寝室兼アトリエにつくらせたのだ。ピンクとクリーム色の内装で、一角にイーゼルや作業台のある美しい部屋だ。

ブレナはベッドを見るのにやや抵抗があった。この前、ピンク色のレースの天蓋《てんがい》の下に横たわったとき、何があったかを考えたからだ。しかし、ネイサンは思い出など苦にするようすもなく、ベッドのすそのオットマンにスーツケースを積みかさねる。それでブレナも思い出を頭から振り払った。

「夕食の前に二、三電話するところがあるんだ。けど、ミンディがお冠だから遅れないようにするよ」

「ええ。わたしはさっぱりしてからレスリーのところに行くわ。家に帰って、話す気になったかもしれないし」

ネイサンが唇をゆがめる。「そうは見えなかったけどね」

「わたしもよ」ブレナは眉をひそめた。「こんなことでは、おなかの赤ちゃんが心配だわ」

ネイサンは厳しい表情でうなずいた。「できるだけ早く医者に診てもらおう。レスリーは帰りの飛行機の中でも、気分がすぐれないようだった」

ブレナも同じ印象を持っていた。レスリーの精神状態にしては、眠ってばかりいたからだ。もし、イギリスへの逃避行のせいで赤ちゃんに何かあったら、レスリーは決して自分を許さないだろう。待望の赤ちゃんなのだから。

「そんなに心配そうな顔をしないで」ネイサンが硬い手でそっとブレナのほおにふれた。「すべてうまくいくさ」

ブレナが力なくその手に顔を寄せたのは、彼女自身どんなに疲れはてていたかという証拠だった。ネイサンはブレナのあごに手をやって顔を仰向かせ、唇を求めたが、ブレナはなんの抵抗もしなかった。

まるで自分から火に飛びこむ虫のようね、ブレナは苦々しく思った。愛撫《あいぶ》された唇が燃え、体に火がつく。ブレナが抵抗しないので、ネイサンはのどで低くうめき、鋼のような両腕で彼女を引き寄せた。

「コーヒーをお持ちしましたよ」ミンディがお盆をたたきつけるようにしてサイドテーブルにおいたので、ブレナとネイサンはぱっと身を離した。

ブレナは真っ赤になってミンディのほうを向く。

「ありがとう。あの……誤解しないでね……」

「ネイサンがばかを見るつもりなら、何も言うことはありませんね」ミンディはかみつくように言ってから、うんざりした口調でつけ加える。「性懲りもなく」彼女は部屋を出ると、ばたんとドアを閉めた。

ブレナは困惑して眉を寄せた。キスを許してしまっただけでもまずいのに、ミンディに見られてよけいひどいことになった。

「ミンディは冷たいシャワーよりも強烈だな。ぞくっとさせられる」ネイサンが沈んだ声で言った。

「ネイサン……」

「わかっているよ。キスはしちゃいけなかったんだ。きみは自分をなくしていたんだし、すべて忘れることにしよう」

「いいわ」

「じゃあ、これで何もなかったわけだ」ネイサンは腹立たしげに言うと、大またに戸口まで行く。「冷めないうちにコーヒーを飲んだら？」と冷ややかに言いそえた。

口で言うのはやさしいわ。キスはしちゃいけなかったんだから忘れよう。でも、それは起こってしまったのだ、ネイサンをうとましく思っているというのに。しかも、わたしと彼の中の欲望はまだ消えていない。その欲望はいつまた燃え上がり、抑えきれなくなるかわからないのだ。

だが、今度は逃げ出すわけにいかなかった。レスリーと彼女のおなかの赤ちゃんのことがあるからだ。父親には、姉に赤ちゃんが生まれる前に、カナダで二、三週間過ごしてくると言ってきた。今のグラントとレスリーのようすでは、すべてが解決するまでロンドンには戻れないだろう。ネイサンのことは無視して、なんとか姉夫婦の仲を丸くおさめるしかない。そんなことができるとも思えなかったが。

ブレナはシャワーを浴びて着替えるあいだに、コーヒーを何杯か飲んだ――ウェイド家では、夕食のために正装するようなことはしないので、ブレナも黒のパンツとダークグリーンのブラウスを着た。ヒールの高いサンダルをはき、髪は頭のてっぺんでゆるく結ぶ。このほうが涼しいからだ。

数分後、ブレナが寝室に入っていくと、レスリーはダブルベッドの枕《まくら》に背をもたせかけていた。グラントが寝ている側のベッドはきちんとしてあってしわ一つない。ナイトテーブルのおかれたお盆の夕食は、手をつけずに冷めかけている。

「レスリー……」

「やっぱり家に帰るんじゃなかったわ」レスリーは不意にむせび、涙がほおに流れ落ちた。「もう逃げ出せない！」

ブレナはベッドの姉のかたわらに腰をおろした。

「ここは刑務所じゃないわ」

「そうかしら？　逃げ出したくてたまらない場所を刑務所じゃないと言えて？」

「だって、お姉さんはグラントの奥さんなのよ」

「そう言うあなたも、ネイサンと結婚するはずだったじゃないの」

ブレナは激しく息をのんだ。「どういう意味？」

「去年、あなたが出ていく前にネイサンと一夜を過ごしたこと、グラントもわたしも知っていたの。グラントがそのことをネイサンに問いただしたら、彼は二人は結婚するつもりだと答えたわ」

ブレナはぼうっとして頭を振った。「知ってるなんて一度も言ってくれなかったじゃない」

「ネイサンに口止めされたからよ。あなたが恥ずかしがるせいかと思ったわ。でもブレナ、わかってくれるわね、わたしがどうして離婚したいか？　あなたならだれよりもわかってくれるはずですもの」

「離婚ですって！」ブレナはびっくりして立ち上が

った。「なぜなの？」

「グラントはわたしを愛していないのよ」レスリーが感情のこもらない声で言った。

「でも、お姉さんは彼を愛しているんでしょう？」

レスリーの口もとがいっそう固く結ばれた。「もう愛していないわ」

レスリーの口ぶりは本気のようだ。でも、レスリーがグラントに抱いていたような深い愛情が、そんな急に冷めたりするものかしら——それも、あとかたもなく。

「レスリー、おなかにはグラントの子どもがいるのよ！」

「わたしの子どもだわ。わたしのおなかにいるんですもの、わたしの子どもよ」

「でも、グラントの血も引いているでしょ」

「そのことは忘れるようにするわ」レスリーはベッドの中にもぐりこむ。「お盆は下げてね。少し眠りたいから」

「全然食べていないじゃないの」

「食べたくないのよ」

「レスリー」ブレナは姉が向こうを向いてしまったのでことばを切り、姉の苦しみを自分自身のことのように感じて下唇をかんだ。

ブレナはドアの手前でレスリーに呼び止められた。「グラントに寝室には来ないように念を押しておいて」

ブレナはため息をついた。「自分で言うべきじゃなくて？」

「そんなことできないわ。彼の顔を見るのもいや」

「ねえ、ずっと寝室に閉じこもっていられるわけじゃなし……」

「グラントには会いたくないの！」

ブレナは姉のそむけた顔をもう一度心配そうに見てから、そっと部屋を出た。姉と四年間ベッドをともにしてきた男に、どう話せばいいのだろう？

「いいさ、きみが気にすることはない」ブレナが書斎でそのことをつかえつかえ伝えると、グラントは引きつった声で答えた。彼は机を前にして、オーク材の回転椅子に腰かけている。西部劇の中でよく保安官がすわっている型だ。「レスリーが出ていってからは、どうせあのベッドじゃ眠れなかったんだ。彼女が戻って、ますます歓迎されなくなったらしいがね！」

ブレナはひざの上で指を組んだ。「レスリーはあなたの愛情が冷めたと思っているようだけど……」

「そんなのはでたらめだ。もちろん彼女を愛しているとも！」

ブレナは唇を湿した。「もし、あなたが浮気したのなら……」

「レスリーがそう言ったのかい？　なんてことだ、ほかの女性に目をくれたこともないのに、浮気だなんて！」グラントは荒々しく立ち上がった。

「グラント、落ち着いて」ブレナは吐息をもらした。けんかの原因は浮気じゃなかったんだわ。「レスリーは何も話してくれないの。あなたたち二人とも口をつぐんでいるんですもの、理解しようと暗中模索しているのよ！」

グラントが警戒した表情になる。「今度のことはきみには関係ないだろう？　ぼくたちのことは、ぼくたちで解決するよ」

「どうやって？　レスリーはあなたと話そうともしないし、あなたも同じくらい頑固みたいだけど！」

「だからって、きみやネイサンの助けを借りなくても……」

「赤ちゃんのことはどうかしら？」ブレナは冷たくさえぎった。

「ぼくたちの子どもなんだから……」

「レスリーは自分だけの子だと言っているわ。そして、あなたと離婚したら……」

「離婚だって！」がたんと音をさせて立ち上がったグラントの顔からは、すっかり血の気が引いている。

「レスリーが別れるなんて言うものか！」

「うそじゃないわ」

「なら、勝手にすればいいさ！　こっちから離婚してやる！」

そのときブレナは、グラントの言っていることが支離滅裂なのに気がついた。どうやら、机の上のほうからになったウイスキーのびんと関係がありそうだ。グラントは酔っぱらっているんだわ！　ウエイド家の男が、食事どきのワイン以外に酒を飲んでいるのを初めて見た。

ブレナは立ち上がった。「話はまたにしたほうがよさそうね。あなたが、もっと気分のいいときに」

「酔っちゃいないさ。きみがそのことを言っているならね」グラントはまた椅子にどっかりと腰をおろし、机に足をのせる。「離婚なんてありえないよ。レスリーだっていつか迷いからさめるはずだ」

ブレナはグラントのようには確信を持てなかった。彼女は居間に入り、ネイサンが電話を終えて食事に来るのを待った。ミンディが二度も姿を見せ、料理を出せないのが不満で鼻を鳴らしては引っこむため、ブレナもぶすっとした顔つきになる。

まもなくネイサンがあわてるようすもなく現れた。体にぴったり合ったベージュのズボンと、茶とベージュのしまのシャツに着替えている。「ミンディはドアをばたんとやるところまでいったかい？」

「まだよ、でも……」

「そうか、それならだいじょうぶだ」ネイサンは自信たっぷりに言うと、食卓の自分の席と向かいあわせの椅子を引く。いつもブレナがすわっていた席だ。それからブザーを押して、ミンディに料理を運んでくれるように知らせた。ブレナが渋い顔をすると、彼は肩をすくめる。「わかっているよ。精いっぱいご機嫌をとるさ。守るより攻めろだ」

ミンディが二人の食事を運んでくると、ネイサンはにっこりしてみせ、メインコースの料理の前に彼女から笑顔を引き出すことに成功した。

「あなたは昔からミンディのお気に入りだったわ」

ブレナがうんざりしたように言った。

「ぼくはね、彼女に気に入られるように骨を折ってきたんだ。ミンディを喜ばせることができなかったら、しょっちゅう罰を食っていたにちがいないよ」

喜ばせるですって。人を喜ばせることなどない男にしては、ネイサンはたしかにミンディにとり入るすべを心得ていた。家政婦はコーヒーを運んでくるころには、声をたてて笑っていたのだから。

ネイサンはブレナと二人だけになると、まじめな顔に戻った。「さて、レスリーとグラントだが、何かあったのかい？」

ブレナはため息まじりに答える。「いいえ何も。レスリーは眠ったふりをしているわ――それとも、ふりじゃないのかしら。ひどく疲れたようすだったから。いっぽうグラントは酔っぱらって……」

「正体をなくしていたよ。グラントは客室に寝かせてきた」

「それで食事に遅れたの？」

ネイサンがうなずく。「ミンディに見つかったら大事《おおごと》だからね」

ブレナは立ち上がり、部屋の中を行ったり来たりした。「二人のけんかの原因がわからないの。レスリーはグラントが愛していないと言うけど、そんなはずはないわ。レスリーときたらかたくなで……ますます手におえないのよ。いったいどういうことかしら」

「うん。レスリーはグラントを嫌いになろうとしているみたいだ」ネイサンは眉をひそめた。

「グラントは浮気してないと言ったわ」

「あたりまえだ。もし、レスリーが浮気したと言ったのなら……」

ブレナは首を横に振った。「レスリーは言っていないわ。ネイサン、わたしたちでなんとかしないと……このままでは手遅れにならないかと心配なの」

「どういうことだい？」ネイサンは語気を強めた。

グラントとレスリーが離婚を口にしたと聞いて表情が険しくなる。「二人ともどうかしている！　離婚ということばを相手が本気にしたら、何もかもめちゃめちゃになってしまうのがわからないのか？」

「わかっていないと思うわ。今のところはね」

「じゃあ、時間を与えて二人に気づかせてやろう」

こんなふうにネイサンとブレナが協力しあうのも妙なものだった。グラントとレスリーをもとのさやにおさめるという共通の目的のため、二人は同志にさえなっている。ブレナは長いあいだ、今の半分もネイサンを身近に感じたことがなく、それがどんなにすばらしいことか忘れていた。

ネイサンが腕時計に目を走らせた。「グラントは朝まで起きないだろう。レスリーもそのころまで眠っているだろうし、ちょっと用事をすませてくる時間はありそうだ。町で人に会う約束があって、出かけなきゃならないんだよ」

「これから？」ブレナは驚いて眉を寄せた。

「心配ないよ。きみだって、まだ宵の口みたいな気分だろう。ぼくも外出先であれこれ考えてみるよ」

ネイサンはさっさと行ってしまい、ブレナは高級なアフターシェーブローションの香りとともにあとに残された。彼女がコーヒーを飲んでいると、ミンディがあとかたづけに来た。

「ネイサンは出かけたのかしら？」ミンディは彼がいないので仏頂面になる。

「町で人と会う約束があるんですって」ブレナは笑

顔で説明した。

ミンディが甘い母親のような調子で言った。「気がついてもよかったのに。ディーに会いに行ったんですよ」

「ディー？」ブレナは無関心をよそおった。

「ディー・ウォリスのこと。彼女は町でブティックを経営しているんですよ。ネイサンがディーとつきあうようになって、三、四カ月になるかしらね」

ミンディがわざわざこんな話をするなんて、ひょっとしたら、去年ネイサンと一夜を過ごしたことを、彼女も知っているのかしら。けど、ミンディが心配することはないわ。ネイサンに近づくなと警告されるまでもない。レスリーとグラントのために協力しているだけで、ネイサンとの関係に、それ以上のことを期待してはいないのだから。一度目だって純粋な気持ではなかったわたしですもの、二度目なんてとんでもないわ！

5

「起きろ、寝ぼすけめ。ここじゃ、六時すぎまで寝てるものはいないぞ！」太く低い声が責め立てた。

ブレナはうめいてシーツを胸に引き寄せ、寝返りを打つとまぶしそうにネイサンを見上げる。「あなたって朝からいやに元気なんだから」ブレナはぶすっとして、もつれた髪を後ろになでつけた。「見ているほうがげんなりするわ」まして、ブレナが五時間前に寝ついたときには、彼はまだ牧場に帰ってきていなかったのだから。今帰ったところかしら？

ネイサンの髪はシャワーを浴びて湿っているし、チェックのシャツは胸もとがはだけ、ジーンズもロンドンではいていたものより、さらに色落ちして体になじんでいる。むしろ、けさは彼のにおうような男っぽさのほうが見ていられない。

「何かご用かしら？」ブレナが不機嫌に尋ねると、ネイサンはあざけるように鼻を鳴らした。「ただし、毒舌はやめてくださいな。わたし、そういう気分じゃないの」

ネイサンはにっこりした。目じりにしわが寄る。ブレナはあらっと思った。この数日、ネイサンは今までになくよく笑顔を見せている。「太陽はのぼったし、馬にはくらをつけてある。ぴりぴりした家の中から、きみも一時間ばかり逃げ出したいんじゃないかと思ってね」

「けさの二人のようすはどう？」

「レスリーはまだ眠っているよ。グラントは頭痛に苦しんでいるから、二時間は近づかないことだ」

「で、あなたの頭のほうはいかが？」

「ぼくの？　ぼくがめったに酒を飲まないのは知っているだろう？」

ブレナは彼の目を避けた。「ミンディに聞いたの――きのうの晩、あなたがだれに会いに行ったか。だから、あまり寝ていないんじゃないかと思って」

「ちゃんと寝たさ。ミンディはしょうがないおしゃべりだな」ネイサンの目がいらだちでかげった。

「ミンディはわたしに注意したかったんだと思うわ」ブレナは、そんな必要はないのに、とおどけた口調で言ってから、おずおずとつけ加えた。「あの晩、わたしたちがいっしょに過ごしたことを、家中の人が知っているみたい」

「だったらそれが過ちだったことも気づいてくれてるさ。さあ、馬に乗るかい、乗らないかい？」ネイサンの目は鋼鉄の断片のようだ。

ブレナはそっけなくうなずいた。「乗るわ。階下《した》で十分後に会いましょう」

「心配しなくてもいいよ。ここで待つつもりはないから」

ネイサンにかかると、十歳の子どもに戻った気にさせられる。きっとディー・ウォリスは、彼が好んでデートする世慣れたタイプなのだろう。ためらったり恥ずかしがったりしないで、肉体的な関係を楽しむ女性にちがいない。ブレナは自分がやぼったく思えた。

しかし、サムソンの背にまたがったとたん、そんなことはきれいに忘れてしまった。ブレナの十六歳の誕生日に、母親と美しい漆黒の馬で、ブレナの十六歳の誕生日に、母親とパトリックから贈られたものだった。

「サムソンの調教は欠かさなかったんだ」厩舎《きゅうしゃ》を出ると、ネイサンは自分の乗っている馬を静めて、サムソンと並んで歩かせようとした。けれど、彼の美しい栗毛は駆けだしたくてたまらないようすだ。

「きみが帰ってくるのはわかっていたからね」

ブレナは鋭くネイサンを一瞥《いちべつ》した。「レスリーに頼まれたから帰ってきただけよ」

「それが本当なら、きみは家出なんかしなかったはずだ！」

「どういうこと？」ブレナは怪訝《けげん》な顔をした。

「きみがロンドンに残ることにしたとき、レスリーがどれだけショックを受けたと思う？」

「けど、いつかは家を出なきゃならなかったわ」

「結婚して家を出たのなら、レスリーも納得できただろう。だが、ただ帰ってこないんじゃね……」

非難されてブレナのほおにさっと血がのぼった。

「わたしにはわたしの人生があるわ。牧場のしていることが、どうしても好きになれなかったの。それはあなたもご存じでしょう」今の説明でネイサンを説得できたかしら。ブレナは食肉用に牛を育てるのがいやでたまらなかった。けれど、こうしてカルガリーの山麓《さんろく》の丘に帰ってみれば、はるかなロッキー山脈とすがすがしい空気に、どうしてここが故郷でないと思ったのかわからなくなる。イギリスと同じくらいなつかしい！

「またその話か」ネイサンがため息をもらした。

「きみがレスリーをがっかりさせたことを問題にしていたのに」

「がっかりなんかさせなかったわ。いつかは家族とも別れなきゃならないし、潮時だと思ったのよ」

「きみとレスリーは、ただの姉妹だという以上に仲がよかったじゃないか」ネイサンはカウボーイハットを引き下げ、太陽に向かって目を細めた。

「レスリーにはグラントがいるわ。少なくともあのころはそうだった」ブレナは顔をくもらした。

「今だって変わりないさ」

「二人のことだけど、どうしたらいいのかしら？」

「二人がここにいるかぎり心配ないよ。けさ、レスリーの担当医に電話したら、彼は……」

「けさですって？」ブレナはびっくりした。

「彼はぼくの友人なんだ」ネイサンがおかしそうに答える。

「でしょうね」ブレナは顔をしかめた。だって、まだ朝の六時半なのよ！

「彼は大学時代の友人でね。きょう、午前中に診てくれることになっている。だから、レスリーを二、三日入院させてくれるように頼むつもりなんだ。そんな心配そうな顔をしないで」ブレナが青ざめたので、ネイサンは急いで安心させようとした。「もちろん、どこも悪くないだろうけど、しばらく静養したほうがいいと思うんだよ。入院すればほっとできるから、また家出をしようとしたり、グラントに離婚をせまったりしないだろう」

「きのうの晩、よくそれだけ考えるひまがあったわね？」

ネイサンは氷のような目を向けた。「ミンディが何を言ったか知らないが……」

「すっかり話してくれたわ」

「どうやら、よけいなことまでしゃべったらしいな。三十年間いっしょに暮らしてきたかもしれないが、ミンディは……」

「彼女は家族の一員よ」ブレナは笑った。「ミンディを黙らせるなんてできないわ」

ネイサンはため息をついた。「たぶんね。けど、ディーはただの友だちなんだ。ミンディの勘繰りは迷惑だよ」

ミンディはあれこれ勘繰るような人間ではないし、そのことは二人とも承知していた。ネイサンに真剣につきあっている恋人がいるのを知って、ブレナは安堵《あんど》してもいいのにと思いながら、ネイサンがほかの女性を妻に迎えるということが、どうしてもぴんとこなかった。でも、いつかは彼も結婚するはずだ。これほど魅力的な男を女性がほうっておくわけがない。それに、いろいろな関係をためすことなら、彼は何年も前にあきてしまっている。三十六歳の今、そろそろ結婚に踏み切るのではないかしら。でも、やっぱり、ほかの女性がネイサンの妻になるなんて考えられない。

「お友だちのお医者さま、レスリーを入院させてくださるかしら？」ブレナは話題を変えた。

ネイサンがうなずく。「うん、静養のためにね」

「レスリーは言うとおりにしてくれると思う？」

「家とグラントから離れるためなら、レスリーはなんだっていとわないさ」

「そうね」とブレナは吐息をもらした。

「イギリスでは、馬にはよく乗ったのかい？」ネイサンが唐突に尋ね、手綱を引いてはやる馬を押さえる。

「いいえ、あまり乗らなかったけど」

「牧場まで競走しないか？」

ブレナはくらの上で振り返り、家からたっぷり三キロは来ているのに驚いた。「わたし、ちょっとさびついているから」慣れない運動をしたせいで、体はすでにぎしぎし言っている。

「乗馬はセックスと同じで……」

「一度覚えたら忘れない、でしょ？」

とがめる口調に、ネイサンの顔がくもった。「ブレナ……」

「さあ競走よ。いい、ネイサン？」彼女はサムソンの向きを変えて駆けだした。クリーム色のカウボーイハットが背中に落ちて髪が後ろになびく。それは、サムソンの尾よりもはるかにつややかで美しく、漆黒の馬と一体になったかのようだ。

家の二キロ近く手前で、ネイサンにすごいスピードで追い抜かれても、ブレナは少しも意外ではなかった。サムソンにもっと早く走るようにとせかしたけれど、ぜったいに追いつけないとわかっていた。

ブレナは厩舎の囲いの中に入ると、サムソンから飛びおり、手綱をビルに渡す。彼女のほおはばら色に染まり、目はきらめいて、もつれた黒髪が背中に波打っている。

後ろからたくましい腕に腰を抱かれて、ブレナははっとした。ネイサンが背中にぴたりと寄りそい、あたたかい息が耳の後ろにかかる。

「きみはなんて野性的なんだ」ネイサンがうめくように言った。

「ネイサン……」

「だめだよ」もがくブレナを彼は静めようとした。

「いつまでもぼくから逃げられやしない」

「いやよ、わたしはこんなこと望んでいないわ！」

ブレナは巻きついたネイサンの腕を引きはがそうとするが、まるで鋼鉄の鎖のようにびくともしない。ビルが二人の馬を厩舎につないでいるため、声をひそめなければならなかった。

と、いきなりネイサンがブレナをつき放した。その目は冷たくつき刺すようだ。「あの晩はぼくに何を望んだんだ？　友だちとおしゃべりするだけじゃ物足りなくて、実際はどんなふうか知りたかったのかい？　面倒な処女を捨てるために、経験を積んだ男を選んだのか？　なにしろ、結婚の申し込みなんか、まったく期待していなかったんだからな」

　ブレナはいまだにあの晩に起こったことの説明がつかず、ましてネイサンには答えようがない。あの晩、ブレナは正体をなくすほどお酒を飲んだわけではなかった。ただネイサンに抱かれて、何もかも忘れてしまいたかったのだ。かりに、それ以上のことがあったとしても思いあたるふしはなかった。

「もちろん、結婚の申し込みは期待していなかったわ。それまで、わたしのことをそんなふうに思っているなんて、おくびにも出さなかったんですもの」

　ネイサンは両わきでげんこつを握りしめた。「そんなふうにだって？　ぼくがきみを愛しているってなぜ言えないんだ！　女性とベッドをともにするたびに、結婚をせまっているわけじゃないんだぞ」

「そんなに大勢の奥さんがいたら、家に入りきれないでしょうよ！」

　ネイサンは音をたてて息を吸いこんだ。「きみって人がわからないよ。男が一生をささげると言ったら、ふつう返事くらいするものじゃないか！」

「ネイサン、あなたは……」ブレナは話を聞かれているのに気がついた。ビルのショックを受けた顔に彼女も青ざめてしまう。ネイサンをきっとにらみつけた。「わたしが家に帰ってきたのは、姉の結婚生活がもめているからだわ。それさえ解決すれば、一番早い便でカナダを発《た》つつもりよ。そして、あなたには二度と会いたくないわ！」

「もっと早く消えてほしいところだ！」ネイサンは背を向けると、帽子を脚に打ちつけながら、大またに厩舎を出ていった。

「パトリックさんがよく言ってましたっけ。あなたがた二人がけんかをすると、飛び散る火花で火がつけられるくらいだって」ビルはひゅうっと口笛を吹く。「パトリックさんの言ったとおりだ。どうやら火ぶくれができちまった！」

ブレナはいくらか緊張がほぐれた――けれど、くつろいだ気分にはなれない。この家を出なくては、心からほっとするわけにはいかないようだ。たぶん、だからこそ四年前にイギリスに着いたとき、あんなになつかしく思えたんだわ。イギリスには、一挙手一投足をあざけるネイサンがいないのだから。

「ビル、あなたは火ぶくれができただけでしょ。わたしのやけどはもっと重症だわ」

ビルがくすくす笑った。彼は中年の牧童で、自分の仕事が気に入っている。「帰ってきてくれてうれしいですよ。あなたがいないと、どうも牧場に活気がなくてね」

「さっきのけんかに感激したのね？」ブレナは軽口をたたいた。

ビルはうなずく。「ネイサンがかんしゃくを起こしたのはひさしぶりだ」

「かんしゃくを起こされる身にもなってちょうだい、楽しんでなんかいられないわ！」

「あなたが帰ってきたからには、わたしだってただじゃすみませんよ――ネイサンは相手かまわずかんしゃく玉を破裂させるでしょうな」ビルはにやりとした。

「それじゃ、家に入ってコーヒーでも飲もうかしら。ビル、また会えて楽しかったわ」彼の返事を待つまでもなかった。ビルも愉快だということは、きらきら輝く青い目を見ればわかる。

わたし自身は、ネイサンのいない静かな生活を望んでいるのに、第三者が二人のやりあうのを歓迎しているなんて妙な話だ。きっと、ビルにはマゾの気があるのよ！

マゾの気があるのは、ビルだけではなさそうだった。ブレナが家の中に入ったとき、グラントはけんかがしたくてうずうずしていたのだ。グラントは兄に向かって声をあげていた。

「……それに、レスリーはぼくの妻なんだ。ぼくが医者に連れていくよ！」グラントは強情そうにネイサンをにらみつけた。

グラントは昨晩よりもさらにひどいようすだった。ハンサムな顔は死人のように血の気がなく、青い目は落ちくぼみ、金髪にはくしを入れる必要がある。グラントとネイサンの外見はよく似ており、どちらも長身で筋肉質の体つきだが、グラントが母親ゆずりの金髪で青い目であるのに対し、ネイサンは父親似だった。しかし、二人ともパトリックの傲慢《ごうまん》で気短な性格を受けつぎ、口論してもたがいにゆずらない。もっとも、二人がまだ子どもだったころ、パトリックは体を使ったけんかをやめさせることに成功していた。倒れるまでなぐりあいをさせたのだ。ところが、グラントは今から再試合をしてもいいという見幕だ。

ネイサンが肩をすくめた。「レスリーはおまえにつきそわれるのをいやがるだろう」

グラントは反抗的に口を結んだ。「レスリーのおなかにいるのはぼくの子なんだ！　だから……」

「グラント、今度のことではネイサンのほうが正しいと思うわ」ブレナがなだめようとした。

グラントはぎらぎらした目を彼女に向ける。「やっぱりね、きみはいつだってネイサンの味方なんだ！」

的はずれな非難に、ブレナは声を押し殺して笑った。ネイサンと意見が一致したためしなどない。

「きみとネイサンは、昔から同調しあっていたんだ」グラントはくしゃくしゃの髪をかき上げる。パト

「どうして結婚しないのかわからないよ」

「グラント！」ネイサンが厳しくしかりつけた。

「わかっているさ。この話は禁物だったね。まあ、結婚すればいいってものでもないようだ。ぼくの〝理想的な〟結婚がこのざまだもの」

グラントのあまりの辛辣《しんらつ》さに、ブレナは泣きだしたくなった。彼とレスリーはなんとか話しあえないものかしら。

ネイサンが冷ややかに言った。「グラント、まだ酔っているらしいな。酔いをさますか寝るかしろ」

グラントの胸が不規則に波打った。「ぼくはしらふだよ。だからいけないのさ。酔っているときは、何もかもがもっとましに見えたのに」グラントは血走った目でブレナを見る。「きみのお父さんは正しかったのかもしれない。だって……」

「グラント、やめろ！」ネイサンの叱責《しっせき》が飛び、グラントはきっと頭をそらした。「ブレナのお父さんを侮辱したって、なんの解決にもならないぞ」

「侮辱したわけじゃないさ。ブレナのお父さんの考えは正しいと思うんだ。ウイスキーのびんの底から世の中を見ると、ぐんとばら色に見えるからね」

「そうだろうとも、きのうの晩は酔っぱらって正体をなくしていたんだから。おかげで、レスリーがおまえに医者までつきそうことを認めたところで、車の運転さえ満足にできないじゃないか！」

「レスリーがうんと言うものか。ぼくは出かけてくる——車じゃなくて馬に乗るんだよ」グラントは兄の鋭い視線に気づいて言った。「レスリーが帰宅して、ぼくに容体を話す気になったら知らせてくれ！」

グラントが大またに出ていくのをブレナは見守り、気の毒そうに言った。「本当にこたえているんだわ」

「こたえていないとでも思ってたのか？」ネイサンがかみつくように言う。「きみの姉さんのせいで、グラントはめちゃめちゃだよ」

ネイサンがグラントとは反対の方向に、やはり大またに行ってしまうのを、ブレナはあっけにとられて見送った。ネイサンとグラントが言い争っているあいだ、彼女は自分たちのけんかのことは忘れていたが、ネイサンはそうではなかったのだ。わたしが家を出ていくまで、ビルはまだまだネイサンの〝かんしゃく〟を見られそうだ。

結局、レスリーはブレナがついてきてくれるなら医者に行くと同意した。ただし、ダン・フイッタカー医師の診察室には自分ひとりで入ると言い張った。

ブレナはネイサンをちらっと見る。彼は二人の前のテーブルから車の雑誌をとり、ぱらぱらとめくっていた。

「心配ないさ。レスリーは入院させてもらえるよ」

「あなたは有力者だから、みんなが尊重してくれるでしょうけど……」

「そういうことじゃない。だれが見たって、レスリーは肉体的な限界にきているからだ」

ネイサンの言うとおりだった。けさになって、レスリーはますます具合が悪そうに見えた。だからこそ、レスリーのグラントへの愛が冷めたとは、ブレナにはどうしても信じられないのだ。愛情がなければ、仲たがいが原因でここまで具合が悪くなるはずがない。グラントにも同じことがあてはまる。二人の頭をごつんと鉢あわせしてやりたいわ。

レスリーの入院についても、ネイサンの言ったとおりだった。レスリーがいやがったにもかかわらず、医師はただちに入院することを勧めたのだ。

「入院の支度なんてしてこなかったわ」レスリーはネイサンとブレナに訴えた。

ブレナが説得にかかる。「わたしが身のまわりのものをとってくるわ。それまでネイサンがついていてくれるし、一時間もかからないわよ」

「入院なんていやよ！」

ダン・フイッタカー医師が、濃い眉の下からとがめるようにレスリーを見た。医師はおなかがたるみ気味のうえ、ネイサンより二十センチほど背が低い。二人はおよそ友人同士らしくなかった。医師が優しい口調で尋ねた。「レスリー、赤ちゃんがほしいのでしょう？　入院を勧めるのも、二週間ばかり静養しないと、早産のおそれがあるからです。妊娠八カ月とはいえ、早産したら赤ちゃんの命は保証できませんよ」

ブレナはやりすぎだと思ったが、医師のショック療法はきいたらしく、レスリーは入院の手続きをすることに同意した。

ブレナはネイサンの手からカマロのキーを受けとり、二人のあいだの緊張をほぐそうとして言った。

「大切な車をあずけてくださるわね？」

「きみには、車よりはるかに大切なものをあずけたっけ。車までぺちゃんこにしないでくれよ」ネイサンはあざけるように言うと、レスリーとフイッタカー医師といっしょに行ってしまった。

彼に怒りをむきだしにされてブレナは顔色を変えた。ネイサンはああ言ったけれど、わたしに心をあずけたりはしなかった。ネイサンには人にあずける心なんてないのだから。

「どうだった？」グラントはブレナが牧場に戻るなり声をかけてきた。さっきよりは落ち着いているようだし、お酒も飲んでいない。「レスリーはどこだい？」グラントが眉をひそめた。

「お医者さまが入院するようにおっしゃったの——グラント、だいじょうぶよ」彼が青ざめたので、ブレナは安心させようとした。「レスリーは二、三週間休養する必要があるの。家のごたごたから離れてね」そうつけ加えたのは、休養のためなら、入院しなくても家でミンディが面倒を見てくれるじゃないかと、抗議されそうだったからだ。

「病院に行かなきゃ」グラントは玄関ホールのテーブルから、彼の車のキーをとった。

レスリーと話をする気なんだわ！「グラント、今はよしたほうがいいと思うけど……」

「きみがどう思おうと勝手さ。ぼくはきみの許可を求めているわけじゃないんだ！」

「レスリーがどうなってもいいの？」堪忍袋の緒が切れ、ブレナの目が光った。

「もちろんぼくは……」

「赤ちゃんのことはどう？」

「またかい」グラントがため息まじりに言った。

「レスリーはぼくの妻だし、彼女のおなかにいるのはぼくの子なんだ。ぼくには病院に行く権利がある」

そう言われてはブレナも反対のしようがなかった。

「レスリーの身のまわりのものを詰めるから、待っていてくださらない？　いっしょに行きましょうよ」

グラントの口がゆがんだ。「酔いならすっかりさめているさ」

「でも、気が動転しているでしょ」

「わかったよ」グラントは吐息をもらして承諾した。

「ただし、急いでくれないか」ブレナは寝室に向かいながら、グラントの緊張した視線が追いかけてくるのを感じた。必要なものを小型のスーツケースに投げこみ、急いでグラントのところに戻ると、彼は玄関に立ちつくしていた。ブレナのいないあいだ、身じろぎもしなかったかのように。

グラントはブレナからスーツケースを受けとり、こわい顔をしてそれを車の後ろにほうりこむと、キーを渡すようにと手をさし出す。「きみの運転はおばあさんのようだからね」ブレナの物問いたげな表情に、グラントはしゃがれ声で説明した。

「けど、体がばらばらにならずに病院に着けるわ」ブレナは彼の手を無視して、ゴールドに輝く車の運転席についた。

むっとしたグラントが助手席にすわった。「いつ着くんだい？　できれば、きょう中に着きたいんだがね」

ブレナは唇をきゅっと結び、言い返したいのを我慢した。グラントはけんかがしたくてうずうずしているのよ、えじきになんかならないわ。病院に着いてからブレナは気がついた。グラントのいらだちを、自分にぶつけさせたほうがよかったのではないか。怒りをぶちまけたあとなら、グラントもこれほど目をぎらぎらさせていなかったにちがいない。病室に入ると、まだ服を着たままベッドに横になっていたレスリーが、そんなグラントの目を見返した。

「ネイサンは？」ブレナはあせって尋ねた。

「お医者さまと話しているわ」レスリーはブレナを見ようともしないで、怒った目をグラントに向けている。「なんのご用かしら？」レスリーはさげすむように尋ねた。

「息子のようすをききに来たんだ」

「息子ですって？　娘かもしれないのよ」

「おなかの子は、半分はぼくのものだ」

「そう言いきれて？」

「レスリー！　グラント！」ブレナは常識を働かすようにと訴えたが、どちらにも無視された。

レスリーはベッドに起き上がった。「あなたがわたしを利用したように、おなかの子も利用しようと思っているなら……」

「ぼくはきみを利用したことなんかない！　きみを愛した。利用したりはしなかった！」

「うそをつかないで。今ではあなたの目的もわかっているし……」

「レスリー、きみはぼくがどういう人間か知っているはずだ。それに、きみの非難は見当ちがいだよ。

そのことはわかっているだろう！」

「あなたは認めたも同然よ！　わたしが尋ねたとき、あなた言ったじゃないの……」

「父さんの生前から遺書の内容は知っていたよ。だからといって、きみを利用したと認めたことにはならない。ぼくはきみを愛しているんだ、レスリー、どっちみち結婚していたさ……」

「そうかしら？　わたしにはそうは思えないけど」

「だれがきみの心を毒したのか知らないが……」

「だれにも毒されてやしないわ。わたしは正気に返っただけよ。あっ、痛い！」レスリーは青ざめて下腹を押さえる。レスリーの顔は真っ青だった。

「どうしたんだ？」彼女の苦しみようにグラントは怒りも吹き飛んだ。「レスリー！」

「赤ちゃんよ」レスリーがあえぎながら言った。

「どうしよう。陣痛が始まったみたいだわ。お医者さまはまだ早すぎるとおっしゃったのに」レスリーの目は、狼狽《ろうばい》のあまり大きく見開かれている。

「お医者さまを呼んでくるわ」ブレナはドアに急いだ。

「グラント？」

ブレナがドアをあけたとき、レスリーが夫を呼ぶのが聞こえた。

グラントは即座に安心させようとする。「だいじょうぶだよ。レスリー、だいじょうぶだ」

「ああ、神さま！」レスリーがむせぶのと同時に、ブレナは廊下に飛び出していた。

医師をさがしてレスリーのもとへ連れていこうとやっきになりながらも、ブレナは頭の中を二人の会話が駆けめぐるのをどうしようもなかった。レスリーがグラントから逃げ出した理由が、ついにわかったのだ。それは、ブレナがネイサンを愛するわけにいかないのと同じ理由だった。

レスリーはたいへん衰弱していたので、いつこうなっても不思議はなかったんですよ」

「それで、赤ちゃんは？」ブレナは暗い目をして医師を見た。

「もう少しようすを見ないと。陣痛が始まったとき病院にいたのがせめてもでしょう」

医師が行ってしまうと、ブレナは横目でちらっとネイサンを見た。彼は少しもとがめようとしないが、ブレナは、こうなったのはきみのせいだと非難されているような気がする。唯一の慰めは、グラントが今もレスリーにつきそっていることだった。けれど、レスリーがなぜグラントとの結婚に傷つき悩んでいるかわかった今、この状態がいつまで続くか心もとない。それにしても、レスリーはどうしてグラントに疑惑を抱くようになったのだろう。四年間、幸福な結婚生活を送ってきたというのに。

ブレナは立ち上がり、落ち着きなく部屋を行ったり来たりしていた。

6

「レスリーの思ったとおりです」ダン・フイッタカー医師が待合室に姿を見せた。ネイサンとブレナは、そこで医師の診察が終わるのを待っていた。「赤ちゃんは早く生まれる決心をしたようですな」

「止められないのかい？」ネイサンが尋ねた。

友人の医師は首を横に振る。「無理だね」

「なんてことだ、グラントのやつ！」ネイサンはいらだって髪をかき上げた。

「わたしがグラントを連れてこなければよかったのよ」ブレナは震えながら息を吐き出した。

フイッタカー医師は首を左右に振る。「出産が早まったのは、いくつかの原因がかさなった結果です。

り来たりする。ネイサンに向かって眉をひそめた。「どうなさって？　どうしてさっさとしてしまわないの？」

「なんのことだい？」

「しかるつもりならさっさとしてほしいのよ、こんなことになったのはわたしのせいだって！」

ネイサンは広い肩をすくめた。彼は椅子に浅く腰かけ、ひざに肘をついて両手を前で握りしめている。

「そんなつもりはないよ」

「どうして？」ブレナは彼の静かな態度が癇《かん》にさわった。

ネイサンは目を細めてブレナを見る。「きみをしかったってなんの役にも立たないからさ」

「けど……」

「いいかげんにしないか」ネイサンは荒々しく立ち上がった。「きみにグラントが止められると思うほど、ぼくはばかじゃないさ。もし立場が逆でぼくがグラントだとしたら、病院に行くというぼくを、レスリーに止めることはできなかっただろう！」

ネイサンの子どもを産む。それは、かつてブレナにとって現実的な話だった。改めてそのことを胸に描いたブレナは、体の中からあたたかいものがこみ上げ、思わずネイサンに引き寄せられそうになった。

「たとえ妻がだれであろうとね」ネイサンはそっけなくつけ加え、ジーンズのポケットに手を入れた。

ブレナは、彼に抱きつこうとした自分にストップをかけた。レスリーも同じ疑惑を抱いていると、ついさっき知ったばかりではないか。ウェイド兄弟は、牧場のためなら何を犠牲にしたって平気なのだ。パトリックは良心の呵責《かしやく》をやわらげるため、四人の子どもに牧場を平等にわけたかもしれないが、それをネイサンとグラントが黙って認めるはずがない。おそらくグラントは、ウェイド一族としてはありったけの心でレスリーを愛しているのだろう。けれど、彼の頭のどこかに、牧場を手放したくないという考えはなかっただろうか。そして、ネイサンは同じ理由から結婚を申し込んできたにちがいない。愛情のかけらもなかったのに。

「赤んぼうにもしものことがあったら、今、二人を支えているものがなくなってしまう。きみはそのことに気がついているかい？」ネイサンが不意にしゃがれ声で尋ねた。

いまわしい思い出を頭から締め出そうとしていたブレナは、たった今、ネイサンに何を言われたか気づき、激しく息をのんだ。「まさか……それじゃ、あんまりだわ！」彼女は身を震わせてうめいた。

ネイサンは守ってやるようにブレナに両腕を回す。

「このことから目をそむけるわけにはいかないんだ。ダンの言ったことを聞いただろう、赤んぼうの命は保証できないって」

もし赤ちゃんが助からなかったら、レスリーもグラントも打ちのめされてしまうだろう。二人があればほどほしがっている赤ちゃんんだ、もしものことがあれば、今度こそ結婚も破局を迎えることになる。

「そんなことにはならないわ」ブレナの声は、ネイサンの胸にさえぎられてくぐもった。「きっとだいじょうぶよ！」

ネイサンが彼女の体を引き離す。その表情は厳しかった。「ミンディに事情を知らせてやらないと……」

「わたしが電話するわ」ブレナはすばやく言って、涙をぬぐった。

「ミンディは感謝すると思うよ」

ブレナがためらいがちに事情を説明しているあいだ、ミンディは二、三度唐突に質問をはさんだが、その声に冷ややかさはなくなっていた。

ミンディがかすれた声で言った。「レスリーによろしく伝えてくださいね。それからグラントに……

グラントに……」

ミンディの声が感情的になってとぎれたので、ブレナは優しく返事をした。「またすぐに電話するわ——何かわかりしだいに」

だが、すぐには何もわからなかった。お産は長引き、日が暮れてから、ようやくグラントがやつれたようすで分娩室《ぶんべん》を出てきた。

「女の子だよ」グラントは声を詰まらせた。「黒い髪と青い目をした美しい子だ。けど、今晩一晩もつかどうかもわからない！」グラントは体がふらつき、目をぎゅっとつむると涙が硬いほおに流れた。

「レスリーは？」ブレナがおずおずと尋ねた。

グラントは目をしばたたき、ブレナに焦点を合わせようとする。「レスリーはひどく疲れているけど、フイッタカー医師は心配ないと言ってくれたよ」

「レスリーに会えるかしら？　あの……」

「ブレナ！」ネイサンは厳しい声で注意すると、弟の肩に腕を回した。「ここでブレナと待っていてくれ。ぼくはダンとちょっと話してくるから」

「わかった」今は気弱になっているため、グラントはおとなしく椅子に腰かける。ネイサンが医師のところに行っているあいだ、ブレナも静かにグラントのとなりにすわっていた。

「あの子はとても小さいんだ」グラントが切り出したが、ことばがのどにつかえてしまう。「本当に小さいんだよ、ブレナ」彼はまばたきして新たな涙を払うと、狂おしく願をかけた。「神さま、もしあの子が助かるなら、そして、レスリーがまだ離婚を望むようなら、ぼくはレスリーの言うとおりにします。あの子の命が助かるならなんでもします！」

「まさか……レスリーに赤ちゃんを渡すつもりなの？」ブレナが眉を寄せた。

グラントはうなずく。「わずかなあいだだったけど、レスリーは赤んぼうを抱かせてもらったんだ」

思い出したグラントの表情がなごむ。「レスリーは泣き笑いしてた。もう赤んぼうがかわいくてたまらないのさ。レスリーが本当に離婚したいなら、赤んぼうは彼女に渡すよ」

「それで、あなたは？　あなたはどうするの？」

グラントは皮肉な笑いかたをした。「きみの口ぐせはなんだっけ？　ウェイド一族は、何があってもへこたれないんじゃなかったかい？　今度だって同じさ！」グラントは荒々しく言いきったが、つぎには声を詰まらせて両手に顔をうずめてしまう。「あ、あの子があんなに小さくなかったらなあ。ブレナ、あの子はこのくらいしかないんだよ」と自分の前に片手を上げてみせる。「こんなに小さな赤んぼうが生きられるだろうか！」

グラントがレスリーと赤ちゃんを手放すつもりだとしたら、わたしはとんでもない誤解をしていたことになる。グラントは心から妻子を愛しているにちがいない。二人を自由にしてやれるくらい愛しているのだ。

ブレナはきっぱりと言った。「赤ちゃんもウェイド一族なのよ。途中でへこたれやしないわ」

グラントは苦い笑みを浮かべた。「もし、二人のうちのどちらかでも失うようなことになれば、ぼくだってへこたれないともかぎらないさ！」

グラントの誠意に偽りはないわ。レスリーに知らせてあげよう——たとえ赤ちゃんを失うようなことになっても、まだ二人の結婚生活には望みがあると。

グラントが再び口をひらいた。「ぼくらはあの子にクリスティアーナと名づけたんだ。けど、名前をつけたところで、ぼくたち以外の人には知られずじまいかもしれない」

「やめて」ブレナは彼の腕をつかむ。「きっと助かるわ」

グラントは音をたてて息を吸いこんだ。「そう思いたいよ。でも、きみだってあの子を見れば！」グラントは頭を振った。その目は寂しげだった。

「レスリーは眠っているよ」ネイサンが足早に待合室に戻ってきた。「ぼくらも帰る前に、保育器の赤んぼうを見に行ってもいいそうだ」

「ぼくは病院に残るよ」グラントは立ち上がって、疲れた肩の筋肉をほぐす。「ぼくはレスリーにつきそうよ。もし……もしクリスティアーナのことで何か知らせがあったとき、レスリーについていてやりたいんだ」

ネイサンがなだめた。「ダンはかなり楽観的だった。あの子は小さいけどとてもたくましいんだよ」

保育器の中で眠っている人形のような赤んぼうに、たくましいという表現はおよそ似合わなかった。その子があまり小さくてじっとしているため本物の赤んぼうとは信じられない。小さな片手が動くとブレナは心を奪われた。グラントの言ったとおりだわ。クリスティアーナは小さすぎて、とても生きられそうにない。涙がブレナのほおをぬらした。

レスリーの病室の前に来るとネイサンが言った。「ダンによれば、レスリーは今晩はそっとしておいてやるのが一番なんだ。グラント、今晩はここにいても何もすることはない。だから……」

「ぼくは残るよ。ひとりでね」

「いいか、おまえは……」

「ネイサン、立場が逆だったらどうかしら」ブレナがそっと口をはさみ、ネイサンの怒った目がやわらぐまでじっと見つめる。

ネイサンは弟の肩をぎゅっとつかんだ。「朝になりしだい来るよ。何かあったら電話してくれ。ブレナもぼくも眠れそうにないからね」

ブレナは自分だけでなく、ネイサンも病院に残りたいのがわかっていた。だが、寝ずの番はグラントひとりに任せるべきだろう。

「寝酒はどうだい？」ネイサンがブレナに声をかけた。二人はミンディに病院での出来事を話すと、先に休ませたのだった。

「いただくわ」ブレナはネイサンのさし出したブランデーを受けとる。酒が体に入るとかっと燃え上がるようで、二人の麻痺《まひ》した感覚も生き返る気がした。

「ネイサン、赤ちゃんはだいじょうぶかしら？」ブレナは訴えるように彼を見た。今ほどネイサンの強さを必要としたことはない。

「わからないな」彼がそう言ったのでブレナはびっくりした。「あの小さな女の子が生きようと闘っているのを見て、ぼくは……ああ、赤んぼうがあんなに小さいなんて知らなかったよ！」ネイサンは声を震わせ、ブランデーをあおる。彼はその焼けつく感じに一瞬ひるんだ。「あの子がどんなにきみに似ていたか、気がついたかい？」

はっとしたブレナの目を、苦痛に満ちた彼の目が見つめ返した。「ネイサン……」

ネイサンは頭を振った。「あの子はきみにそっくりだった。あの子が死ぬようなことがあれば、きみの一部が死んでしまうような気がする！」

「もうやめて！」ブレナはグラスをおき、ネイサンに近づく。彼の腰に両腕を回し、せわしく上下する胸に頭を寄せた。

ネイサンは彼女の二の腕をつかんだ。「ぼくたちにも、あんな赤んぼうが生まれていたかもしれない」

ブレナは彼の子どもを産むということを、一日のうちに二度も考えさせられ、顔が青ざめた。そして、また体の中にあたたかいものがこみ上げてくる。

「お願いだ、今夜はきみが必要なんだよ」グレーの瞳が、ブレナの青ざめた美しい顔を探った。「今夜はぼくの腕の中で寝てくれないか！」

ブレナの願いも同じだった。ネイサンに抱かれ、愛されたい。長い夜のあいだ、二人とも何も考えずにいたかったから。ブレナは弱々しく微笑した。

「わたしの寝室がいいかしら、それともあなたの？」いつかの晩のネイサンのせりふをまねて、ブレナはハスキーな声で誘った。

ネイサンは頭を振る。「どちらでもかまわない。きみさえいっしょなら」

二人とも動機を尋ねたりはしなかった。今夜、二人はたがいを必要としていたのだ。

ネイサンの寝室で、二人は見つめあいながら服を脱いでいく。ネイサンは前にも増してたくましくなり、アルバータの太陽で真っ黒に日焼けしている。ブレナがブラウスのボタンをはずすと、彼の目が黒みを増した。ブレナはブラウスを床に落とし、淡いクリーム色のキャミソールをとる。その下は先端がばら色の胸。彼の手がスカートのファスナーをおろして床に落とすと、あとはレースの小さな切れ端だけだ。これもすばやく服の山に加えられた。

ネイサンはたくましい手で、ブレナの腰とももを優しく愛撫《あいぶ》し、唇をひらかせていつ終わるとも知れないキスをする。ブレナがそっと指をくぐらせた彼の髪は、絹のような手ざわりで硬く縮れ、体をそわせてきたネイサンの太ももに、ブレナは欲望の高まりを感じとる。ネイサンの唇が、ブレナの胸をとらえようと意図的な動きを見せると、彼女は喜びにあえいだ。

たがいを求める二人の気持は、生命そのもののように原始的だった。欲求に駆られ、二人は自然のままに結びつく。

ブレナはネイサンと一体になった喜びにすべてを忘れ、二人は激しく欲望を燃やしあった。

炎がますます勢いを得てブレナをなめつくし、彼女はネイサンも同じ炎にのまれるのがわかる。ネイサンがブレナの名前を呼ぶのを聞きながら、二人は同時に頂点へとのぼりつめた。

ネイサンは彼女ののどもとに顔をうずめ、唇で肌を燃え立たせた。「きみはすばらしいよ。ほかの女性とではなかったことだ」

二人の肉体的な関係は完璧《かんぺき》だった。ブレナはそのことを一年前にも感じたが、今改めて思い知らされていた。それは二人のさまざまな食いちがいを超越するものだ。「黙って、ネイサン」

「そうだね」ネイサンは悲しげに同意した。「ぼくらが話をすると、ろくなことにならない！」

その夜、二人はどちらも話そうとはしなかった。広いベッドから聞こえてきたのは、小さなあえぎと歓喜のつぶやきだけ。二人は眠らずにたがいの体を求めあい、ブレナが自分の部屋に戻ると言いだしたのは、もう六時近かった。

「なんのために？」ネイサンの両腕がブレナに強く巻きついた。

いったん破れた心のとりでを、もう一度しっかりしたものにするためよ！　今度は結婚のことも、将来のことも話に出なかったけれど、ブレナは一年前と同じように今もネイサンを信じていなかった。

「朝食がすんだら病院に行きましょう」ブレナは軽い調子で受け流したが、もう一度だけ彼を見ずにはいられなかった。早朝の光を浴びたネイサンは、髪がもつれて少年ぽく見える。

「ブレナ？」ベッドを出ようとした彼女の腕をネイサンがとらえた。「これで終わりじゃないね？」

ブレナはネイサンの視線から目をそらした。「終わりにしましょう」

「ブレナ！」

彼女はキャミソールを頭からかぶったが、指から力が抜けてしまう。それから、やっとの思いで身につけた。「きのう一晩だけだとおっしゃったでしょ」

ブレナは服を着るのに神経を集中させる。

「ばかな！」ネイサンが立ち上がった。「ぼくが一晩だけで満足するわけがないだろう！」

ブレナは断固とした目で彼を見る。「ゆうべのことなら説明がつくわ。家族の一員になった小さな赤ちゃんが、生きるために闘っている。だから、わたしたち自身、へこたれずに生きていけるか確認したかったのよ。それを一番根本的なやりかたでたしかめたんだわ！」

ネイサンは目を閉じて片手でおおい、力なくそのとおりだと認めた。「身支度をしてきてくれ。病院にはいっしょに行ったほうがいいだろう」

部屋に戻ってシャワーを浴びるブレナのほおに、お湯といっしょに涙が流れ落ちた。昨夜、彼女がたしかめたのはそれだけではなかった。ネイサンを愛していることをはっきりと感じたのだ。ネイサンを思う気持はいつも胸にあった。いつ愛していることに気がついたか、正確に言うことさえできる――気がついたとたん、彼への愛を胸にしまいこんだけれど。それはブレナが十八歳のとき、デートをして帰宅したあとのことだった。ブレナはその日、早々と家に帰った。たびたびデートをしていたゲーリー・ブローディに、二、三回デートすれば、ベッドをともにするものだとせまられたからだ。そして、家に帰ってネイサンとおしゃべりするうち、ブレナは突然気がついた。ゲーリーやほかのだれかと一晩中話をするより、ほんの数分でもネイサンといっしょにいるほうがいい、と。ブレナはネイサンを愛していると知りながら、この気持もいつか別のものに変わると自分に言いわけをして、イギリスの大学に進学した。だが、そんな望みはたちまち打ちくだかれた。ブレナは自分の心に、ネイサンを愛してはいけないと命じたけれど、彼女の心は耳を貸そうとしなかったのだ。

ブレナはいまだにネイサンへの思慕を断てない。

7

　ブレナがシャワーを浴びているあいだに、グラントから電話があった。クリスティアーナは元気で、フイッタカー医師もおおいに希望を持っていると。

　ブレナとネイサンが病院に着いたとき、レスリーはベッドに身を起こしていた。レスリーは起き上がることを許され、車椅子で娘を見に行ったのだ。ブレナたちが見舞いに来ても、レスリーとグラントは手をとりあったままで、今のところ娘への愛がほかのすべてにとってかわっている。

　ブレナは姉と二人きりになって、グラントの愛の深さを伝えたくてたまらなかった。結婚したときは、牧場をばらばらにしないことが彼の第一目的だった

かもしれないが、今では心からレスリーを愛している。でなければ、彼女と赤ちゃんを自由にさせるとは言えなかったはずだ。

　しかし、その日、レスリーと二人で話すことはできなかった。グラントはかたときもレスリーのそばを離れず、ネイサンもあたりをうろうろしていたからだ。けど、じきに話してあげられるわ。レスリーにゆうべのグラントの態度を説明すれば、きっと疑いも解けるにちがいない。

　ところが、そのじきというのがなかなかやってこなかった。ブレナは毎日姉を見舞ったにもかかわらず、家族や近所の人がだれかしらいあわせたからだ。クリスティアーナが生後二週間を迎えて体重も増え、医師がもう二週間もすれば母子とも退院できそうだと判断するまでになっても、ブレナはまだレスリーと二人きりで話す機会をつかめずにいた。もっとも、姉夫婦は今のところ自分たちのゆきちがいのことな

ど忘れているらしく、グラントは時間の許すかぎり病院で過ごしている。

ブレナは見舞いに行く以外は、家のアトリエでさし絵の仕事にはげみ、仕事は予定よりもだいぶはかどっていた。というのも、毎晩、夕食がすむと、ネイサンは出かけるか書斎にこもってしまうため、ブレナはアトリエに入るより仕方がなかったからだ。

「ネイサン、あなた、ブレナの面倒を見てくださっていないようね？」ある朝、レスリーが優しくとがめた。ブレナとネイサンは、数分ちがいで彼女の見舞いに訪れていた。「ブレナは顔色がすぐれないようだわ」

たしかに、レスリーと並んだら、少しは青白く見えるかもしれなかった。レスリーは娘が育つと保証されて、健康にはちきれそうだったから。

ネイサンが口の端をきゅっと曲げる。「ブレナの面倒を見ようとしたら、どんな男だってマゾヒストになってしまうよ。さもなきゃ、もっとひどい目にあわされるかだね」

「ブレナは働きすぎじゃないかしら」

ネイサンは肩をすくめる。「ブレナはどこでやめるべきか、もう判断のつく年ごろだと思うよ」

「でも……」

「レスリーったら」ブレナがいらいらしてさえぎった。「わたしは顔色も悪くないし、働きすぎでもないわ……」

「それに、ぼくに面倒を見てもらう必要もなさそうだ」ネイサンが皮肉っぽく口をはさんだ。

「外に出かけて気晴らしをしたほうがいいんじゃないかしら」レスリーはまだ気にしている。

「ブレナが帰ってきて以来、電話のベルは鳴りどおしさ」とネイサンがいやな顔をした。「彼女が帰ってきたことを、昔のボーイフレンドどもがかぎつけたんだろう！」

レスリーの表情がぱっと明るくなった。「ゲーリーも電話してきた？」

「お姉さんは母性本能が強すぎるのよ。かわいそうなクリスティアーナ、揺りかごの中にいるうちに夫を決められちゃうわ！」

「もしぼくがいれば、そんなことはさせないさ」グラントが意気ごんで口をはさみ、自分の言ったことに気づくと、あやふやな表情に変わる。「つまり、その……」

ネイサンが間のびした口調で言った。「レスリーが喜んでくれるなら、ブレナを連れ出してお昼をごちそうしてやるよ」

いつものブレナなら、何をごちそうしてくれるのときくところだが、食事はぎこちない間をとりつくろうための口実だとわかっていた。というのも、グラントが自分はクリスティアーナの成長と、その先の夫選びにかかわれないかもしれないと気づいたからだ。そして、二人が部屋を出れば、夫婦だけで話しあうこともできる。ブレナは姉夫婦に話しあってほしかった。

「ベジタリアン・レストランに連れていってくれるならいいわ」とブレナが注文をつけた。ネイサンが肉のないメニューには我慢できないのを知っていて、茶目っけを出したのだ。

「じゃあ、ひとりで食事するんだな」ネイサンはブレナにドアをあけてやりながら言った。「ぼくが知っているのはれっきとしたレストランで、葉っぱしか食べない連中の行くところとはちがうんでね！」

「それじゃ、マザー・タッカーの店でいいわ」ブレナとネイサンが病室を出たとき、中からくすくす笑う声が聞こえた。ブレナは表に出て、ちょっぴりほっとした。「グラントが気の毒で、涙が出そうだったわ！」

「うん」ネイサンはズボンのポケットに両手をつっ

こみ、ブレナと並んで歩く。「グラントはいまだにわけを話そうとしないんだ」

ブレナはネイサンの視線を避けた。「きっと、夫婦だけの問題なのよ」

「うん。二人はもとのさやにおさまるかな?」

「ええ。だって二人は愛しあっているんですもの」

「どこに行くんだ?」ブレナが滞在中に使っている小型トラックのほうに向かうと、ネイサンは眉を寄せた。「昼食に行くんじゃなかったのか?」

ブレナは振り返ってネイサンを見る。「あれはレスリーとグラントのためのお芝居でしょ」

「かもしれない。だが、いっしょに食事をしたってかまわないだろう?」

「なぜ誘うの?」ブレナは疑わしげに眉をひそめた。

「なぜ誘っちゃいけないんだ? このところ二人とも忙しくて、話もできなかったじゃないか」

「話ですって?」ブレナはぎくりとした。「話しあうことなんて何もないはずよ」

「グラントとレスリーのことはどうだい? それから、クリスティアーナのこともある。きみがどう思おうと、家族の一員に変わりないんだぞ」

非難されてブレナのほおが赤らんだ。「わたしは別に……」

「そして、ぼくも家族の一員なんだ!」

「わかっているわ」ブレナは声をとがらした。改めて言われるまでもない。

「じゃあ、もめごとはレスリーとグラントだけでたくさんだと思わないか? ぼくらまで角つきあわすことはないさ」ネイサンがため息まじりに言った。

「それだけかしら?」ブレナはためらった。クリスティアーナが生まれた晩以来、ずっとネイサンを避けてきたのだ。

ネイサンがあざけるような笑みを浮かべた。「ぼくは挑発されもしないのに、飛びかかったりしないよ！　まして、こんだレストランの中ではね！」

失礼な言いかたにブレナはさっと顔を赤らめた——怒ったふりをすべきだとわかっていたからだ。でも、ネイサンの言うとおりよ。誘ったのはわたしのほうだった。彼は女性に無理強いをするタイプではない。そんな必要は一度もなかったのだから。

「わたしと手を組むつもりなら、あの二晩のことは忘れてちょうだい」

ネイサンはばかにしたように鼻を鳴らす。「そんなこと、できるわけがないだろう！」

ブレナの顔がますます赤くなった。「これじゃうまくいかないわね」

「ごめんよ」ネイサンは吐息をもらし、背を向けようとしたブレナの腕をつかんだ。「妥協しようじゃないか。あの二晩のことは忘れないけど、口には出さないよ。どうだい？」

二人の瞳が激しくぶつかりあい、ブレナは仕方なくうなずいた。

カルガリーの一流レストラン、マザー・タッカーの店で、二人はあたりさわりのないおしゃべりをしたが、のびのびとしていたネイサンの雰囲気がさっと変わったのにブレナは気がついた。ネイサンの視線をたどって、レストランの入口のほうを見る。ちょうど一組の男女が入ってきたところだった。背の低い中年の男は、連れの女性にぽうっとなっているようすだ。彼女はすらりとしたブロンドで、目はのどもとの首飾りと同じ琥珀《こはく》色。濃い金色のドレスが彼女に輝きを与えていた。もっとも、何を着てもその美しさは抜きんでていただろう。

この女性がディー・ウォリスだということは、ブレナにはすぐにわかった。この数カ月、ネイサンがデートしている相手だ。自分とは対照的なディーの外見に、ブレナは首をひねらずにはいられなかった。ネイサンはどうして彼女の腕を抜け出して、わたしのところに来たのかしら。

ディーと連れの男性は、ブレナたちとは反対側のテーブルについた。飲みものの注文をすませると、ディーは興味ありげに店の中を見渡した。ネイサンを見つけて彼女の目が輝き、ブレナに気づくとちょっと眉をひそめる。ディーは連れに断って席を立ち、こちらにやってきた。

「ネイサン」彼女はハスキーな声であいさつし、身をかがめて赤い唇をネイサンの唇にかすめる。ネイサンがキスを返すと、ディーは身を起こしてブレナをしげしげと見た。

ネイサンが立ち上がった。「ディー、義理の妹のブレナ・ジョーダンだ。ブレナ、こちらはディー・ウォリス」

ぼくの恋人の、とブレナは心の中でつけ足した。

並んで立った二人からは、親密さがにじみ出ている。ディーが愛想よく笑った。「そうでしたの。わたしったら、あなたに嫉妬《しっと》したりして。実は、こらしめてやろうと手ぐすね引いて来たの」

「そんな必要ありませんわ」ブレナは母音を引きのばして、にべもなく否定した。

「まあ、イギリスのかたなのね」

「ディー、義理の妹だと言っただろう。ブレナは十年たってもイギリスのアクセントが抜けないんだ」

「あら、とてもすてきだわ」

「お連れのかたと、こちらのテーブルにいらっしゃいませんか？」ブレナが緊張しながら申し出た。

ディーは残念そうに首を横に振る。「仕事がらみだからそうもできないの。このつぎにでも」ブレナに断ってから、ネイサンにあたたかい笑顔を向けた。

「それじゃ、今晩また会えるかしら？」

「うん」ネイサンはそっけなく答えた。

ディーはネイサンにもう一度キスして、にっこりとする。「ブレナ、お会いできてうれしかったわ」

ディーが行ったとたん、ブレナはネイサンにナプキンを渡した。「上唇に口紅がついているわ」ブレナは口ごもりながら説明した。その箇所に目をやることができない。ネイサンの日焼けした肌に、濃い口紅がやけに目立っていた。

ネイサンはグレーの目を怒りに燃やし、荒っぽくキスマークをぬぐう。

「彼女はあなたの恋人でしょ」ブレナが抑揚のない声で言った。

「そうだ」ネイサンは邪険に答えると、ナプキンをくしゃくしゃにしてゆっくりテーブルに落とす。

「きれいな人ね」

「ああ」

もしディー・ウォリスが嫌いになれたら、まだましな気分だったかもしれない。しかし、ブレナは嫌いになれなかった。ミンディがディーをほめたことでもわかるとおり、彼女は美しいうえに魅力的だ。

「いまいましいな」ネイサンが不意に耳ざわりな声で言った。「ほかの女性のところに行く必要はなかったんだ、きみさえ……」

「やめて！　言わないでちょうだい」

「わかった」ネイサンは気落ちしたようにため息をついた。「きみが正しいよ。言ってみても始まらない。店を出ようか？」

この昼食は、二人の関係をなごませるどころか、また一つ問題を増やしたようだった。近ごろでは、ネイサンはしょっちゅう朝帰りをするようになり、ブレナには彼がなんの目的でだれと会っているかわかっていた。彼がディー・ウォリスに会いに行った晩は、ブレナは仕事が手につかず、とうとうやけを起こして、ゲーリー・ブローディと食事をする約束をしてしまった。

その晩は楽しく過ごせるはずだった。ブレナと二つ年上のゲーリーは、夕食をともにしたあと、町のバーで昔の仲間とばったり出会い、陽気な連中と真夜中近くまでおしゃべりに花を咲かせた。

牧場に帰るとき、ゲーリーがコックリシに向かう道を選んだので、ブレナは彼が途中で車を止めるつもりなのに気がついた。というのも、コックリンという小さな町の手前にある丘で、二人はよく車を止めたものだったから。

「この場所を覚えているかい？」ゲーリーはじゃり道へとそれて、ブレナににやりとしてみせた。

「覚えているわ。ねえ、ゲーリー、今夜はまっすぐ家に帰らないと……」

「そんなのばかげているよ」ゲーリーが車を止めたので、コックリンの町の灯が見おろせる。「よく晴れた晩だ」ゲーリーはブレナの肩に腕を回した。

ブレナは自分のばかさかげんに、叫びだしたいくらいだった。「すてきね。でも、ゲーリー……」

「きみがいなくて寂しかったよ。どうしてイギリスの大学に行ったのかわからなかった」

「わたしがイギリス人だからよ」

「しかし……」

「ゲーリー、家まで送ってくださらない？　頭痛がするし……ゲーリー！」彼が意を決したように近づいてきたので、ブレナはやめてと声をあげた。

「きみほどきれいな女の子は見たことがないよ」ゲーリーはブレナの唇のわきをそっとなで、それから唇を求めてきた。「ブレナ、ああブレナ！」

「やめてちょうだい！」ブレナは彼を押しのける。

「やめて、何するの！」

ゲーリーはとがめるようにブレナを見た。「どうしたって言うんだ？　もう子どもじゃないのに」

「そのとおりよ。カーセックスをするような年じゃないわ！」

「モーテルに行ってもいい」

「とんでもないわ」ブレナは彼をにらみつけた。

ゲーリーの顔がさっと赤くなった。「どういうことだい、昔の友だちなんか相手にできないの？」

ちがうわ、ネイサン以外の男性には応じられないだけ。ブレナは穏やかにたしなめた。「まさか。あなたのことは友だちとしてしか考えられないからよ。さあ、家まで送ってくださるわね？」

ゲーリーがまた会おうと言わなくても、ブレナは少しも驚かなかった。恋愛の対象として見なかったために、彼の自尊心を傷つけたのはわかっていた。けれど、無理に情熱をかき立てようとは思わなかった。ネイサンにはたちまち燃え上がるその情熱を。

「寝酒を飲むかい？」

声をかけられて、ブレナははっとネイサンを見上げた。ほの明るい居間の入口に立つ彼は、ちょうど影絵のように見える。今晩、ネイサンはブレナより先に出かけたので、ディーに会いに行ったものとばかり思っていた。まさか帰っているとは。「いただくわ」ブレナはつっけんどんに答えた。

「実は、コーヒーしかないんだが」いいかな、と黒い眉を上げる。

「コーヒーでけっこうよ」もうお酒はたくさんだった。

「あいにくの晩だったのかい？」コーヒーを飲むブレナの前に、ネイサンが腰をおろした。

ブレナは肩をすくめ、うんざりしたように目を閉じる。「きょう、《コアラのコーリー》のさし絵が仕上がったので、物語といっしょに送ったの。それで、お祝いに騒ぎたいとは思ったけど、車の中で言い寄られるとは考えてもみなかったわ！」

「相手はゲーリーか？」

ネイサンの緊張がびりびりと伝わり、ブレナは顔を上げて彼を見た。「悪いのはわたしよ。デートに応じなければよかったの」

「そうとも」ネイサンは神経にさわる声で言うと立ち上がった。

「ネイサン?」彼が立って目の前に来たので、ブレナは目をしばたたいた。

「ぼくもみじめな晩だった」ネイサンはつぶやき、ブレナを引っ張って立ち上がらせる。「白状すれば、このところ毎晩みじめな気分なんだ」

「ディーのせいで?」

「きみのせいさ。ほかの女性にきみのかわりを求めるのは、もううんざりなんだ!」ネイサンはブレナの体を引き寄せた。

「いけないわ!」

「なぜいけないんだ?」ネイサンの目は怒りでぎらぎらしている。「最近じゃ、きみといるときしか幸せじゃない。そうさ、きみと愛しあえるなら、けんかをしても嫌われてもかまうものか。もうほかの女性のところには行きたくないんだ。ブレナ、きみがほしい。きみだって同じことを望んでいるはずだ」

どうして望んでないと言えるだろう? 体が勝手に反応し、彼から目が離せないというのに。

ブレナはやっとの思いで口をひらいた。「だめよ。無理を言わないで」

ネイサンは怒りをこめて彼女を見つめ、つき放した。「どうしてそんな態度をとるのか、いつかわけを話してくれるだろうね。ぼくには理解できないよ!」

ネイサンは部屋を飛び出していった。

「わたしにも理解できないわ!」

振り返ったブレナはミンディと顔を合わせ、その瞬間、感情の抑えがきかなくなってミンディの腕の中に飛びこんだ。ブレナはいったん泣きだすと涙が止まらなかった。

「さあ」ミンディは決然としてブレナの横に腰をおろした。「ネイサンを愛しているのに、どうして拒んでばかりいるの?」

「愛してなんか……」

「うそをついてもだめ。小さいときから知っているんですもの。あなたがネイサンを愛していることも、彼があなたを好きなこともわかっています」

「そんなことないわ！」

「たった今、ネイサンがどんなにあなたを求めているか聞いたばかりよ。男性があれだけ激しく求めるのは、愛しているということよ。わたしはわからず屋の年寄りじゃないのよ」

「まあ、ミンディ、もちろんよ」ブレナは泣き笑いをして言った。「あなたにはわからないことなの」

「ええ、さっきもそう言ったでしょ。わたしにはあなたがた姉妹が理解できないわ。レスリーとグラントは昔から愛しあっていたのに、レスリーは彼の赤ちゃんを産む矢先に家出してしまう。あなたはネイサンと一夜を過ごしたかと思うと、イギリスに逃げ出して帰ってこない」ミンディは頭を振った。「二人とも気が変になったのかと思いましたよ」

「たしかに、ちょっと異常だわね」

「ネイサンとは結婚しないつもりなのね？」

「しないわ」ブレナは首を左右に振った。

「じゃあ、レスリーは？」ミンディは当惑した顔をしている。

「あの二人は別れたりしないわ」

「レスリーの家出の原因は見当がついて？」

ブレナはミンディの視線を避けた。「いい考えがあるの。きっとうまくいくと思うわ」

「では、ごたごたがかたづくまでここにいてくださいな。なんと言ってもクリスティアーナは小さくてひ弱なんですもの。両親がついていてやらないと」

「できるだけのことはするつもりよ」

「そして、またネイサンをおいて行ってしまうのね？」非難する口調だった。

「わたしと彼とはなんでもないわ。わたしが出ていったからって、彼を捨てることにはならないはずよ」

ミンディはため息をついた。「あなたが帰ってきて以来、少しつっけんどんにしてきたわね……わかったわ、かなりつらくあたったと認めますよ」ブレナの疑いの目を見て言い直す。「でも、あなたが帰ってこなかった去年の夏、ネイサンがどんなふうだったか知らないでしょ。わたしはこの目で見たんですから！」

「ものごとは見た目とちがうこともあるのよ……」

「あなたとレスリーは、初めてこの家に来たときから、ネイサンとグラントに大騒ぎさせることができたわ。それは今も将来もまちがいありませんよ」

ブレナがからかった。「それじゃ、早く出ていったほうがよさそうね。わたしがいなくなれば、静かで平和な生活に戻れるわよ」

「いいえ、ネイサンがわめき散らしてくれるほうがありがたいわ。少なくとも、彼が生きていることはわかりますからね！」

「あら、彼のことなら心配ないわ」ブレナは苦々しくつけ加えた。「何があってもへこたれない人よ」

「ネイサンがだめになるとは言っていませんよ。けど、あなたがいなくなったら、ディー・ウォリスのような女性につかまってしまうかもしれないわ」

「彼女はミンディのお気に入りでしょうに」

「あなたとはくらべものになりませんよ！」ミンディは力をこめて言った。「でも、ネイサンを傷つけるようなまねは、二度と許しませんからね」

「そんなことはしないわ」

ミンディが深い吐息をもらす。「でも、ディーにネイサンをゆずるつもりなのでしょう？」

「ミンディ、彼に幸せになってほしいんでしょ！」

「ディーとではなく、あなたと幸せになってほしいのよ！」

「ごめんなさい」ブレナは首を横に振った。「ジョーダン家とウェイド家の結婚は、もうたくさんだと思っているの」

ミンディが悲しそうに言う。「おばかさんね。あなたとネイサンほど似合いのカップルはないのに」

ブレナは話が深刻にならないようにと、ほほえんでみせた。「ロミオとジュリエットはそうは思わないんじゃないかしら。それに、アントニオとクレオパトラ、ジェーン・エアとロチェスターもね」

「とてもおもしろいわ」とミンディがにらみつけた。

「でも、あなたがどう茶化してみたって、きっとネイサンを失ったことを後悔しますよ」

ブレナはすでに後悔していた。ネイサンとの関係をいっさい断つよりは、中途半端でも何かつながりがあったほうがましではないか？　一年前はきっぱり別れるほうがいいと思ったけれど、はたして今も同じ気持だと言えるだろうか？

8

「ネイサン、こわれやしないわよ」レスリーがからかった。

「でも、こんなに小さくちゃね」ネイサンはクリスティアーナをガラスででもできているもののように抱いている。

きのう、グラントは車で母子を家に連れて帰ってきた。生後一カ月のクリスティアーナは、健康そうで体重もかなり増えたものの、ネイサンが言ったように、まだとても小さく見える。

ブレナはネイサンが赤んぼうを抱いているところを見つめ、その姿があまりにもしっくりしているのに胸がうずいた。ネイサンはいい父親になれるわ。

わたしは彼の子どもの母親にはなれないけど。

それとも、なれるかしら？　一週間前にあるはずのものが遅れていた。今のところはっきりしないが、考えるだけでまちがいないという気がしてくる。ネイサンに打ち明けるのはまだ早い。でも、もし本当に妊娠していたら、彼に隠しておけそうもない。

「きみの番だよ」

クリスティアーナをさし出され、ブレナはまぶしそうにネイサンを見上げた。赤んぼうは病院で何度も抱いていたが、今はそこに新しい意味が加わっている。もつれた絹のような髪の下の、美しい小さな顔を見おろすうち、ブレナの目に涙があふれてきた。

「この子が大きくなったら、もてて困るだろうな」

ネイサンが考えこむように言った。

「うん」グラントはぶっきらぼうに同意する。

「このつぎは男の子を産むわ。そうすればクリスティアーナを守ってくれるでしょう」レスリーがかすれた声でことばをはさんだ。

グラントの瞳が喜びにぱっと輝くのを見て、ブレナは叫び声をあげそうになった。レスリーはきのう家に帰ってきても、相変わらず夫婦の寝室を別々にしたため、グラントはレスリーがやはり離婚したいのだと受けとっていたにちがいない。けれど、クリスティアーナの弟について口にしたということは、そうではなかったということではないか？

「ええと……ネイサン、馬に乗ろうとおっしゃっていたわね？」ブレナはすばやくうながし、レスリーを見つめたままのグラントに赤んぼうを渡す。

ネイサンは怪訝《けげん》そうに眉を寄せた。「なんだって……？　ああ、そうか」ブレナのこわい顔を見てうなずいた。「そうだったね。じゃあ、お二人さん、ぼくたちは出かけてくるよ」

「あの二人、もうわたしたちのことなんか忘れているわね」太陽の輝く戸外に出ながら、ブレナがおどけて言った。

「たぶんね。すると馬に乗るのはとりやめかい?」

ブレナはきっとネイサンを見上げる。この二週間というもの、たがいにけんめいに相手を避けてきた。今さら彼が本気で誘っているとは思えない。

「あまりがっかりなさっていないようね」

歩み去ろうとしたブレナを、ネイサンはくるりと自分のほうに向かせ、かすれた声でうけあった。

「いや、がっかりしているとも」

ブレナは目を見開き、彼の瞳に欲望の炎を見て眉をひそめた。「ディーとは会っているんでしょ」

「ああ、会っているよ。だから、いっしょに馬に乗ることもできないのか? いったい、きみが恐れているのはぼくかい、それともきみ自身かい?」

ブレナの目に憤りが燃え上がった。「この二週間、あなたの寝室に押しかけたことは一度もないわ!」

「ぼくが中にいなかったからじゃないかな。それとも、いないことに気づかなかった?」

もちろん、ネイサンが毎晩のように外泊しているのは知っていた。ミンディも気がついており、朝食のときに彼を見る非難の目つきがその証拠だった。

「気がつかないとでも思って?」

ネイサンは口もとを引きしめた。「頭を下げなくてもすむ女性のところに行ったとして、どうしてきみに非難できるんだ?」

「あなたに頭を下げてもらったことはないわ!」

「ぼくをひざまずかせたかったくせに!」

ちがう、そんなつもりは一度もなかった。ネイサンを、その人格ゆえに罰したいと思ったことはない。ウェイド一族である彼が、別の生きかたなどできるはずもないから。

「ネイサン、ひざまずかせたいなんて思っていないわ。ほうっておいてほしかっただけよ」

「じゃあ、外泊を続けろと言うんだな?」

いいえ、ネイサンがディーと夜を過ごすなんていや。ネイサンがほかの女性と愛しあっているなんて耐えられない。でも、レスリーがグラントの欲得ずくのふるまいを知って、どんなに傷ついたかを見たあとでは、ネイサンのプロポーズを受けることができるかどうか、ますます自信がなくなった。

ブレナは肩をすくめる。「お好きなように、あなた自身のことですもの」

「そうか、きみという人はものに動じるってことがないんだな？」ネイサンの目は冷ややかだった。

「きっと、わたしも思ったよりウェイド家の人間らしくなったのね！」

嘲笑《ちょうしょう》されて、ネイサンは腹立たしげに息を吸いこんだ。「馬には乗るのかい、乗らないのかい？」

「実は、ブローディ牧場に行くことになっているの」ブレナがしぶしぶ打ち明けた。

「ゲーリーと会うのか？」

「ええ」

「〝車で言い寄ろうとした〟相手じゃないか！」

「そのとおりよ！」

「どういうことなんだ？」

「ゲーリーが電話してきて、それでわたし……」

「あいつのところには行かせない」ネイサンが横柄に言い放った。

「何を言うの……」彼の肩にかつぎ上げられ、ブレナは抗議した。「ネイサン、おろしてちょうだい！ネイサン！」

「車の中で言い寄ってほしいんだろう？　それならぼくが引き受けてやる」ネイサンは車の助手席にブレナをほうりこみ、運転席につくとアクセルを踏みこんだ。

ブレナがやっと身を起こしたとき、ビルが調教用の馬場から笑いかけているのが見えた。ビルはこちらに向かって、からかうように首をかしげる。

ブレナは憤然としてネイサンのほうを向いた。

「あなたのせいで、とんだ笑いものだわ！」

「かまわないさ！」ネイサンはびくともしないで、道路に目をこらした。

「わたしはいやよ！　あなたって人は……どこに行くつもり？」車がカルガリーではなく、バンフ国立公園に向かうのを見てブレナはあえいだ。

ネイサンは冷たい目でちらっと彼女を見る。「きみを山奥に連れていくのさ。助けを求めたって、動物にしか聞こえやしない！」

ブレナは彼に刺すような一瞥《いちべつ》を投げた。夏の観光シーズンはそろそろ終わりだが、ロッキー山脈のバンフ国立公園やジャスパー国立公園は、まだまだ大勢の行楽客でにぎわっている。もし人のいない場所が見つかったら、幸運というものだろう。

牧場からルイーズ湖まで行くうちに、たとえネイサンの怒りがやわらいだとしても、口を固く結んだ横顔からはうかがうことができなかった。さらに、モレイン湖に向かうわき道に入ると、ブレナの嘲笑は恐怖に変わった。

「ネイサン……」

「動物だけさ、覚えているね？」彼は食いしばった歯のあいだから言った。

ブレナはネイサンのほうに向き直る。「ねえ、ゲーリーと二人きりで会うわけじゃなかったの。仲間といっしょに、彼の家のプールサイドでくつろぐ予定だったのよ……ネイサン」説明しても彼が心を動かさないので、ブレナはじれったそうに小言を言う。

「こんなの変だわ。このところグラントが病院に詰めていたから、牧場はひどい人手不足だったじゃない。きょうみたいな日を選ばなくてもいいはずよ」

「やっときみを連れ出したんだ」

「ばかばかしいわよ、何もかも……」振り向いたネイサンの激怒した目に、ブレナはことばを切り、息をのんだ。「どうしようと言うの?」

「いつも夢見ていたんだ。日だまりの草むらにきみを横たえて愛しあうことを。きょうは夢をはたすつもりさ」

「毎度あなたの思いどおりにはならないわ」

「きみだって望んでいるくせに」

この人にはなんでもお見通しなのね。ネイサンが描いてみせた空想の絵に、ブレナも心を惹《ひ》かれていたのだ。

ネイサンは車をさらにわき道へと進める。そこは森林警備員の通り道らしく、以前に車の通ったところだけ草がわずかにつぶれている。ブレナはがたがた揺られ、ようやく車が止まったときには、幹線道路から二キロ近く来たにちがいないと思った。視界は大きな松の木で完全にさえぎられていた。

「歩こうか?」

「歩くの?」ブレナはあいまいに問い返した。

ネイサンの目から怒りが消え、やるせない情熱がとってかわっている。「山の中を歩くのはひさしぶりなんだ」とかすれた声で言った。

車の中で言い寄るという脅しを忘れてくれるなら、ブレナは歩くのに大賛成だった。けれど、歩きだすとネイサンに手をとられ、ブレナは内心穏やかでなかった。伝わるぬくもりに気持がぐらついてしまう。

「ここがよさそうだ」ネイサンは大きな松の木の下で立ち止まった。足もとの草はやわらかくて弾力がある。「車の中というのも悪くないが、ぼくはカーセックスをする年でもないし、カマロじゃ窮屈すぎるだろうからね」

冷静に計算しているグレーの目が、どうしてこんなに情熱的になれるのだろう。見開いた瞳の深みに、ブレナはおぼれてしまいそうな気がした。

彼女はネイサンといっしょに草の上に倒れ、彼が唇を求めて身をかがめると、両腕を彼の首に巻きつけた。二人はゆっくりとキスをかわすひまもなく、ブレナのシルクのブラウスは頭の上へ投げやられ、彼女の胸はネイサンの貪欲《どんよく》な口にむさぼられる。

ブレナは一瞬、おなかに彼の子どもがいるかもしれないと思ったが、官能的な感情がこみ上げて体を駆け抜け、何もかも忘れてしまった。

「ぼくのものにしたい」ネイサンがうめくように言って、彼女の胸に唇を寄せる。ブレナは形のいい胸を前につき出した。燃えるような情熱が彼女の体を揺さぶり、彼を迎える準備ができたのを感じる。

「まだだよ」ネイサンは一枚ずつ彼女の服をはいでいく。「きょうこそ、きみを完全にぼくのものにするんだ。ほかの男じゃだめだとわからせたいのさ……だめだ！」彼はブレナが身を引こうとしたのに抗議し、彼女の胸の先に歯をあてた。「こんなふうにできるのはぼくだけさ、ブレナ。ぼくしかいないんだ！」

それが真実なのは疑いようもなかった。ブレナは初めて彼に愛されたときからわかっていた。そして、ブレナもネイサンも、二人が愛しあうのはこれが最後だと感じていたから、ますます激しく狂ったように燃えていく。

ネイサンは裸のブレナを脱いだシャツの上に横たえ、飢えたように彼女の体を求めた。ネイサンの唇に刺激され、ブレナはうめき声をあげる。ネイサンがそれに応《こた》えて彼女の上になると、ブレナの目は情熱にうるんだ。

「ネイサン、お願い！」

「いいね！」

ブレナは彼を受け入れ、二人は激しく燃えた。ネイサンがかすれた声でブレナの名を呼びながら絶頂に達し、ブレナも緊張から解き放たれて声をあげていた。

ネイサンは彼女の横に仰向けになり、二人は堂々とした松の木の枝ごしに青空を見上げた。

「動物だけさ、あとはだれにも聞かれなかった」ネイサンが満足そうにつぶやいた。

ブレナは彼の体に手をおき、それからそっと口にした。「わたしは叫んだりしなかったわ」

ネイサンは振り向いて彼女にほほえみかける。

「いや、叫んだとも」

ブレナは思い出した。緊張から解き放たれた瞬間、思わず彼を愛していると叫んだことを。

「ぼくもきみの体が好きだよ」ネイサンの手が彼女の胸をつつむ。「すばらしい反応をしてくれる」

ブレナは身をかがめてきたネイサンの表情を探った。わたしが愛しているのは彼の体だけだと、本気で思っているのかしら？　ネイサンは彼女の胸にすっかり心を奪われているため、顔から欲望以外のものを読みとるのはむずかしい。まさか、こんなにすぐに？　こんなにすぐに求めてくるはずが……？

ネイサンは繰り返し彼女を愛し、二人は大きな松の木の下で奪いあい与えあった。ブレナは時間の感覚がなくなり、意識にあるのはネイサンと、二人のあいだに生まれる美しいエクスタシーだけ。

「寒いかい？」ネイサンは身震いしたブレナを抱き寄せた。「うっかりしていたよ。夢にはなかったことだけど、夏も終わりなんだし、夕方になれば冷えてくるはずさ」

夢。今、二人のあいだにある親密さも夢の一部なんだわ。ブレナはそれを終わらせたくなかった。きょう、彼女はネイサンの一部になり、彼女と同じように、ネイサンも必要としているものがあることを知った。わたしをほしいと思う気持に偽りはないはずよ！

「おい！」ブレナがくるりと回転して上になると、ネイサンは眉を寄せた。「もっとかい？」煙ったようなグリーンの目に熱望を読みとり、彼はうめくように言った。

二人は今まで以上に激しいクライマックスを迎え、ぐったりと仰向けになる。手をからみあわせ、汗ばんだ二人の体に、日暮れの空気がひやりとした。

「肺炎にならないでくれよ」ネイサンは上半身を起こし、ブレナが服を着るのを手伝った。「手遅れでなきゃいいが！」

もう手遅れだわ。わたしはこの人を愛している。四年間それを認めまいとしてきたのに、きょう愛しあってはっきりと悟った。人生のすべてを手に入れるつもりもなかったけれど、けがれのない愛は夢のまた夢。だって、ネイサンは牧場のためにわたしと結婚したいのだから。といって、この先、自分の気持を否定し続けることなどできないし、ネイサンがどんなにわたしを求めているかも知ってしまった。お父さん許して。これ以上この愛と闘うことはできないわ。ネイサンがいなくては生きていけない！

「ブレナ……？」ネイサンが彼女のほおの涙にふれた。「ダーリン、痛くするつもりはなかったんだ！きみを抱くと夢中になってしまうのはわかっていたけど……ごめんよ！」彼の顔には、苦悩がくっきりと刻まれている。「きみを愛し始めると、抑えがきかなくなるんだ！」

「ネイサン、わたしのこと愛してる？」ブレナはどうしてもそのことばを聞きたかった。彼女がネイサンに感じているような完全な愛でなくてもいい。

ネイサンの口がきゅっと結ばれた。「ばかげた質問だな！」

「どうなの？」

「愛しているとも」ネイサンはいらだった声で答え、自分も服を着る。「どうしてそんなことをきくんだ？　ぼくを拒絶できなかったんで、おかしな言いわけをするつもりかい？」

「ちがうわ」ブレナは自嘲《じちよう》気味に否定し、涙ぐんで彼を見上げた。「わたしの気持が少しでも報われたか知りたかったの！」

「きみの気持だって？」ネイサンは彼女がすわっているかたわらにひざまずく。「どういうことか話してくれ！」

「わたしが愛していると言ったのは本心からだわ。あなたを愛しているのよ。もし、まだわたしと結婚してくださる気があるなら……イエスよ」

「イエス？」ネイサンは眉を寄せた。

「そうよ、あなたと結婚するわ」

「なんだって？」

「気が変わったの？」ブレナは心もとなげに尋ねた。わたしが牧場に関心がないので、結婚するまでもないと考え直したのかしら。

「ぼくの気が変わるわけがないだろう」

長いあいだ恐れてきたことが本当になって、ほっと胸をなでおろすとは。「わたしは気が変わったの」

ブレナは静かな口調で言った。

「しかし……いや、気にすまい」ネイサンは頭を振った。「結婚してくれるんだね？」

「ええ」

「いつ結婚してくれる？」

「いつですって？」ブレナはびっくりした顔を彼に向けた。「それは……考えるひまがなかったわ」

ネイサンはブレナを引っ張って立たせ、彼女の二の腕に軽く両手をそえる。「今度は逃がさないよ。準備ができしだい式を挙げよう。その前にロンドンに戻る必要があるなら……」

ブレナはすばやく口をはさんだ。「ロンドンには戻らないと。アパートの整理もあるし、キャロリンのことだって……」

「それなら、ぼくもついていくよ」

「そんな必要はないわ……」

「あるとも。この前きみがひとりでロンドンに行っ

たときは、そのまま帰ってこなかったんだから

ね！」

「二度としないと約束するわ」ブレナはひるまずに彼を見上げた。欲得ずくの結婚そのものより、そのためなら、ロンドンにもついてくるということのほうが耐えがたい。

「逃げ出す機会を与えたくないんだ」

「うそはつかないわ。もう逃げ出せやしないもの」

ネイサンは彼女の悲しそうな顔を見つめた。「ぼくたちは愛しあっているんだし、結婚の約束もした。今なら、きみが何から逃げてきたか話してくれるね？」ネイサンはかすかに眉をひそめる。

「わからないかしら？」ブレナは虚勢を張った。恨みがましいことを口にするのは、自尊心が許さなかったからだ。「あなたは昔から傲慢《ごうまん》な人だったわ。でも、きょうわかったのよ。体にふれさえすれば、あなたも傲慢じゃなくなるって。もう、あなたとの結婚を恐れたりしないわ」

「恐れる？」ネイサンは険悪な口調でおうむ返しに言った。「しかし……ブレナ！」ネイサンは太ももに彼女の手を感じ、指先で優しく愛撫《あいぶ》されてうめいた。「もう一度それをするには寒すぎるよ。でも、今晩あとでね！」ネイサンはかすれた声で約束した。

わたしがネイサンとの関係に期待できるのは、彼の腕の中で何もかも忘れることだけ。今では、それが空気や食べもののように必要だとわかっている。いいえ、そうとわかっていたから、彼のそばに戻るのがこわかったのだ。

牧場への帰り道、車のシートにもたれて眠ったふりをしていたブレナはネイサンがしょっちゅう視線を向けてくるのを感じていた。

せめて、わたしたちの留守を利用して、レスリーとグラントが仲直りしてくれていたら。

「ブレナ？」そっと揺すられて彼女は目をさました。

ブレナははっとし、いつしか本当に眠っていたのに気づいて体をしゃんとさせる。車はすでに家の前に止まっていた。

ネイサンはブレナにほほえみかけ、髪を優しく後ろに払ってやる。「疲れさせる気はなかったんだ」

「あなたみたいに経験豊富じゃないからよ」ブレナはぴしゃりと言い返したが、とたんに悔恨の情が顔に広がった。結婚の約束をしたばかりではないか。

「ごめんなさい。そういうつもりじゃ……」

「きみが帰ってきてからディーにふれたことはないよ」ネイサンが静かに言った。

ブレナは信じられないというように彼の表情を探り、うそではないらしいと思う。「でも、毎晩のように出かけていたのは……？」

「ホテルに泊まるほうがましだと思ったのさ。自分の寝室で、二階のきみを意識しているよりはね」

「ホテルですって……？　ネイサン！」

「ディーとデートしていたことは否定しないよ。だけど、夜は別々だったんだ」

「でも……彼女はあなたのことを！」

「毎晩、ぼくが彼女の家の前で帰るんで、ほかにだれかいると思っているよ」ネイサンは肩をすくめた。

「実際、ぼくの心の中にはいつもきみがいたんだ！それに、きみの友だちが思ったほど、大勢の女性とつきあったわけじゃないし、デートをしたすべての女性とベッドをともにしたわけでもない。何人かとはそういうこともあったけど……。なにしろ、自分が本当に求めている女性が義理の妹だとは、認めるのにいささか抵抗があったからね。しかし、結局はきみを愛するほかに道はなかったよ」

パトリックの遺言のせいね！　ネイサンはそう認めたも同然だ。でも、これでいいのよ。わたしはぺてんより正直なほうが好きなのだから。

「中に入って、レスリーとグラントに婚約を報告しましょうか？」ブレナが力のない声で尋ねた。

「今度は途中でやめたりしないね？」ネイサンは一心に彼女を見つめた。

「だいじょうぶよ。わたしはやっぱりこの家の人間だと思うの」

「大嫌いなウェイドの姓を名乗るんだよ？」

「それに、ウェイド一族の子どももできるわ」だって、ほかにどうすればいいの？　一度はネイサンから逃げ出したけれど、もう一度それを繰り返す力はない。

　ネイサンは頭を振った。「夢を見ているのかな」

「夢じゃないわ。さあ、家に入りましょう。きょうはたいへんな一日だったし、これ以上何も起きてほしくないわ！」

　ネイサンはくすくす笑うと、車の外を回ってブレナが車からおりるのに手を貸した。彼に体を押しつけられ、ブレナはドアに背をあてる。

「ぼくにはこれでいいっていうことがなくてね」ネイサンは彼女に唇を寄せた。

「おめでとうと言ってもいいんですかね？」

　ネイサンは顔を上げ、にこにこしているビルに向かってにやりとする。「いいんじゃないかな」と言いながら彼は真っ赤になったブレナを見おろした。

「結婚式には必ず呼んでくださいよ」ビルはそれじゃ、と手を上げた。

　ネイサンがブレナの肩を抱く。「じゃあ、レスリーとグラントに知らせよう。そのあとみんなに発表すればいい」

　ブレナは、ちょっぴり死刑台に向かうときのような気分になった。ネイサンが婚約を発表すれば、逃げ道はどこにもなくなってしまう。未来の花嫁とはほど遠い心境だった。

　家の中はしんとしていた。きっと、ミンディは台所で夕食の支度をし、レスリーは赤ちゃんとやすんでいるのだろう。グラントも二人といっしょかもしれない。彼は孤独な寝室で、いく晩も眠れない夜を過ごしたはずだから。

「どうしてあんなことをしたんだ？」突然、静まり返った家の中に怒声が響いた。「一体全体、どうしてあんなまねができたんだ！」

ブレナの横でネイサンが身をこわばらせ、グラントを見た彼の目からぬくもりが消える。グラントは顔面蒼白《そうはく》で、鼻と口の両わきにしわがくっきりと刻まれ、嫌悪感をむきだしにしていた。

「グラント、いったいなんの話だ……」

ネイサンの抗議の声に、グラントの耳ざわりな非難の声がかぶさった。「ブレナ、きみのことはわかっているつもりだったよ。こんなまねができるとは思わなかった！」

ブレナは予想もしなかった非難を受け、本能的にネイサンに寄りそった。

ネイサンが食ってかかる。「グラント！　ブレナとぼくが一日いっしょにいたからって、おまえにつべこべ言われることはない！　いいか……」

「あの手紙のことはそうはいかない」グラントは挑戦的にあごをつき出した。「ブレナが書いたんだ——あんなでたらめを！」おびえるブレナを彼はものすごい目で見すえる。「あやうく離婚させられるところだった！」

「グラント、どういうことか説明しろ！」ネイサンがどなった。

「簡単なことだよ。かわいい義理の妹は、レスリーへの手紙にこう書いたんだ。ぼくがレスリーと結婚したのは、彼女の所有している牧場の四分の一を手に入れるためだとね！」

9

ブレナは血の気が引くのを感じた。息苦しく、グラントの非難に呆然《ぼうぜん》となる。たしかに、グラントがレスリーと結婚したのは牧場のためだと信じていた。けれど、そのことをレスリーに言ったことも、手紙に書いたこともなかったはずだ。

　ネイサンが口をひらいた。「グラント、どうかしてるぞ。このところの心労で、神経がすり減っているんだ……」

「ぼくは正常だよ」グラントはもどかしげにしりぞける。「ショックだったし、猛烈に腹が立っているけど、神経のほうはまともだよ」グラントはブレナに非難の目を向けた。「今まで、きみを妹として愛してきたし、きみもぼくのことを同じように思ってくれていると信じていたのに」

「そのとおりよ！」とブレナは叫んだ。

　グラントは首を横に振る。「きみは故意にぼくをおとしいれようとしたんだ」

「ブレナがそんなことをするわけがないだろう。さあ、グラント、居間に行って穏やかに話しあおう」ネイサンがなだめるようにうながした。

「そんな気分じゃないがね」グラントはしゃくにさわる声で言ったものの、先に立って歩きだした。

「さて、始めようか」ネイサンは火のない暖炉の前に立ち、ブレナはソファの端に浅く腰かけ、グラントはせかせかと部屋の中を歩き回っている。「できるだけわかりやすく説明してくれ」ネイサンは弟に命じて目を細めた。

「けさ、レスリーがなぜ家出をしたか話してくれたんだ」グラントが険しい表情で打ち明けた。

「レスリーの家出にブレナが関係していると言うのか？」ネイサンは信じられないという口ぶりで言った。

「そうとも。ブレナ、きみの手紙のせいで、レスリーが流産したり、命を落とすかもしれないとは思わなかったのかい？」

「グラント、わたしじゃないわ」

「きみに決まっているさ。ほかにだれがいるんだ？」グラントはうんざりしたようにはねつけた。「ブレナが身に覚えがないと言うのなら、ぼくは彼女を信じるよ」

青い目が哀れむようにネイサンを見る。「彼女の言うことならなんでも信じるんだな！　じゃあ、ブレナ、兄さんの前で否定してみせてくれ。ぼくがレスリーと結婚したのは、牧場のためじゃないってね」グラントは挑戦的にブレナを見た。

ブレナは彼から目をそらし、ネイサンからもあわてて目をそらした。ブレナが即座に反論しないため、ネイサンの顔に疑いが浮かんでいたからだ。けれど、ずっと真実だと信じてきたことを、どうして否定できるだろう？　ただし、レスリーに家出を決意させた手紙は自分のものではない。

「ブレナ？」ネイサンが厳しく返事をうながした。

ブレナは激しく息をのみ、二人を見ることができない。「否定はできないわ。なぜならわたし……」

「そらごらん」グラントが勝ち誇って言った。「ブレナ、まったくきみって人は……」

「わたしの考えを手紙に書いたことはないわ。レスリーに話したことはないのよ」ブレナは必死に訴え、首を横に振る。「大切な姉を傷つけたいと思うわけがないでしょう」

「グラントがレスリーと結婚したのは、牧場の所有権を少しでも奪われたくなかったから。きみはそう思ったんだね？」ネイサンがやわらかに尋ねた。

ブレナはその口調にだまされなかった。ネイサンの目は冷たく、口もとも緊張している。ブレナは彼とのあやふやな幸せさえ遠のいていくのを感じた。そして、彼女はその理由に気がついた。グラントばかりか、ネイサンのこともたいへんな誤解をしていたのだ。ネイサンは、そこまで牧場に執着していると思われたことに、ショックを受けている。

ブレナは胸をつかれた思いだった。ネイサンは牧場のために結婚したかったのではない。ずっとわたしを愛していたにちがいない。それなのに、繰り返し失望させられ、死にかけていた彼の愛に、わたしはとどめを刺してしまったのだ。

ブレナはネイサンに近寄り、ばかなことを信じた許しを乞《こ》いたかった。けれど、ネイサンの冷たい目を見れば、ブレナに手をふれられることも、謝罪されることも望んでいないのがわかる。ブレナが初めてこの家に来たときのように、ネイサンはよそよそしくて遠い存在になってしまっていた。

「レスリーもわたしがその手紙を書いたと思っているの？」ブレナは声を詰まらせてグラントに尋ねた。

彼の口もとがあざけるようにゆがむ。「レスリーはきみに悪事が働けるとは思っていないさ。妹は自分のためを思っただけで、傷つける気なんかなかったと信じているよ」

「レスリーに会ってくるわ」

「彼女に近づかないでくれ」グラントはブレナの行く手をさえぎった。「今すぐ家から出ていって、二度と戻らないでもらいたい」

ネイサンが感情のない声で言った。「ぼくはブレナに結婚を申し込んだ。ブレナは受けてくれたよ」

グラントは気の毒そうに兄を見る。「昔からブレナに夢中だったものね。だけど、彼女はなんのために兄さんと結婚するんだい？　この前は、結局逃げてしまっただろう？　ぼくのつぎには、兄さんをおとしいれる気じゃないのか？　ブレナ、どうする気なんだ、ネイサンを教会の祭壇の前におきざりにするのか？　このあたりじゃ、二度と顔を上げられなくなるだろうよ！」

ネイサンの表情をうかがっても、弟の言い分を信じているのかどうかわからなかった。しかし、ブレナをどう思っているか言わないだけで充分だ。もうわたしのことは信じていないんだわ！

ブレナはグラントのほうを向いた。「レスリーの害になるようなことは言わないわ。ただ、誤解を解きたいのよ。わたしはレスリーを傷つけようとしたことなんてないわ」

グラントは無愛想にうなずく。「レスリーはきみが善意でしたことだと信じるだろう。だって、レスリーはそう信じたいんだからね。彼女は妹思いだから！」

「グラント……」

「もし、レスリーの心を乱したり、彼女がまたぼくに反感を持つようなことを言ったら、いいかい、きっと後悔するぞ！」

ブレナはレスリーに会うため、部屋を出ようとした。ネイサンはこちらに背を向けて窓の前に立ち、ぴんと張った肩の線が、今はグラントの言い分を信じていることを物語っている。そして、ブレナへの拒絶を。

ブレナが寝室に入っていくと、レスリーはまだ眠っていた。しかし、ほおを紅潮させた幸せそうな寝顔を見れば、グラントとの和解だけがレスリーの望みだったとわかる。クリスティアーナも、となりのベビーベッドですやすやと眠っていた。ブレナは身をかがめて綿毛のような髪をした赤んぼうの顔を見ながら、これからは、この家でレスリー母子に会うこともないのだと思う。もはやブレナの気持は問題ではなかった。この家に帰ってきても、歓迎されない身になったのだから。

ブレナは眠っているレスリーをそのままにして部屋を出た。自分のアトリエに行き、空港に電話をかけてあしたの便を予約すると、荷づくりを始める。ただひとりの愛する男性を失ったからだ。

「出ていくつもりなのね?」ミンディが部屋の入口に立って、ブレナが荷づくりしているのを見ていた。

「今すぐに?」とミンディは眉をひそめる。

「争っていた声が聞こえたのね」ブレナは吐息をもらし、ほおの涙をぬぐった。

「仕方ないでしょう? グラントは死人も目をさますような大声でどなっていたんですもの!」

「レスリーとクリスティアーナは、そのあいだも眠っていたのよ」ブレナはミンディの顔を見ることができず、手あたりしだいに詰めこんだ。

「新米の母親と生まれたばかりの赤ちゃんは、何があっても眠れるものですよ。それにしても、レスリーが目をさましたら、グラントはしまったと思うでしょうよ。レスリーはめったにかんしゃくを起こさないけど、いったん怒りだしたら近寄らないのが一番ですからね。グラントのしたことを知ったら、怒るなんてものじゃないでしょう」

ブレナは肩をすくめる。「グラントが正しいと思ってしたことよ」

「それで、彼の言い分は正しいのかしら?」

「いいえ!」

「だのに、荷物をまとめて逃げ出してしまうの?」

ブレナはがくっとベッドに腰を落とした。「ほかにどうしようもないわ」

「ネイサンと結婚したらいいでしょう」ミンディが優しく言った。

「無理よ」ブレナは自嘲《じちょう》するように答えた。「彼はもうわたしとは結婚したくないはずだわ」

ミンディはまさかと鼻を鳴らす。「あなたがたとえ殺人を犯したって、ネイサンの気持ちは変わるものですか！」

「それに近いことをしてしまったわ。彼の信頼を裏切ったんですもの」悲痛な口調だった。

「パトリックさんは遺言について説明してくださるべきでしたよ。あなたたち四人を集めてね」ミンディは頭を振った。「遺言のせいでこんなことになってしまって」

「そのことはもういいのよ。レスリーと話したら出ていくわ。町のホテルで一泊するつもりなの」

「ホテルですって？」ミンディはとんでもないという口ぶりで言った。「ここはあなたの家ですよ……」

「いいえ」ブレナは悲しそうに否定した。「わたしには、ここを自分の家と呼ぶ資格なんかなかったの。ホテルに泊まったほうがいいのよ」

「グラントも今は怒っているけど、落ち着きさえすれば……」

「それまでいたくないの」ブレナはミンディの手を握った。「これでよかったのかもしれないわ」

「ばかをおっしゃい。あなたは……」

「ミンディ、よかったらブレナと話したいんだが」厳しい声のしたほうを二人とも振り返り、ミンディはネイサンのこわばった顔を一目見ると、部屋の入口に立っている彼のそばに近寄った。

「ブレナをいじめないでくださいね。グラントに泣かされたばかりなんですから！」

「そんな気はないさ。話をしたいだけだよ」

二人だけになると、ブレナは自分の手に目を落とした。もう一度、ネイサンの顔を見るとは思わなかった。こんなふうにわたしのところに来るなんて。きっと、さよならを言いに来たのね！

ネイサンはジーンズのポケットに手を入れ、部屋の中に入ってきた。「知っておいてほしくてね。レスリーとグラントを仲たがいさせるために、きみが手紙を書いたとは思っていないよ」

　ブレナは目を見張った。「本当に？」

「ああ」ネイサンは険しい顔をして認める。「きみは心からレスリーを愛しているからね。妊娠しているレスリーが家を飛び出せば、グラントを一番苦しめることにはなるだろう。妻ばかりか子どもまで失うのだから。しかし、同時にレスリーも苦しめることになるんだ。きみがわざとレスリーを傷つけるわけがない」

　ブレナは大きく息をのみ、震え声で言った。「信じてくれてうれしいわ」

「きみがわざとしたのでないとすれば、レスリーはきみの手紙を誤解したんじゃないかな」

　ブレナは息が止まるほど驚いた。「誤解されるようなことは書いていないわ！」彼の信頼なんて、しょせんこの程度なのだ。

「レスリーは妊娠してから情緒が不安定だった。きみがぼくたちのことを書いたのに、グラントと彼女のことだと、とりちがえたんじゃないかな？」

「手紙にあなたのことは一度も書かなかったわ」

「じゃあ、どうしてこんなことになったんだ？」ネイサンはくやしさに顔をゆがめる。

「グラントはその手紙を持っているかしら？」

　ネイサンは首を横に振った。「手紙はレスリーの寝室だ。グラントは彼女を起こしたくないんだよ」

「それなら、あとでレスリーに見せてもらうわ」ブレナはうなずいた。手紙さえ見れば、誤解も解けるにちがいない。とはいえ、ついさっきグラントに認めた事実が消えるわけではないが。

「すると、あとはぼくたちの問題だけだな」

「わたしたちの問題？」

「プロポーズを受けてくれたじゃないか……」

「まさか。今でもわたしと結婚したいとおっしゃるの？」ブレナはあえぎ、まっすぐに見つめてくる彼の目から、本気だと気がついた。

「なんと言っても、きみは牧場の四分の一を持っているんだからね！」

「ネイサン……」

彼は冷ややかにブレナを見た。「きみはぼくと結婚するんだ。今度こそ妻になってもらう」

「いやよ」ネイサンのよそよそしさに、ブレナは狂ったように首を振った。「そんなことできないわ」

「きみがプロポーズを受けてくれたときと、事情がどれだけちがうと言うんだ？　ぼくのねらいは牧場だと思ってきたんだ、これできみの考えが証明されるってものさ！」

「今はそんなふうに思っていないわ」

「本当かい？」ネイサンがあざける。「去年ぼくから逃げ出したときは、そう思っていたんだろう？」

「ネイサン……」

「どうなんだ？」

激怒した声にブレナは縮み上がった。「そうよ」と苦しげに認める。

「クリスティアーナが生まれて、ぼくらが愛しあった晩もそう思っていた。そうだね？」

「ええ」ブレナの声が涙声に変わった。

「きょう愛しあったときも、ぼくのねらいは牧場だと信じていた。そうだろう？」

「ええ、でも……」

「そして、ぼくを愛していると言ったときも、結婚すると言ったときも同じだ。そうなんだろう？」ネイサンの目は氷のようだった。

「それは……」

「そうだな？」すさまじい口調に、ブレナはおののいた。

「そうよ。そのとおりだわ、おっしゃるとおりよ！」ブレナは叫び、最後には声を詰まらせた。

ネイサンは彼女の苦悩を目のあたりにしても態度

をくずさなかった。「それなら、結婚式の当日だって同じはずさ。ぼくがなんのために結婚しようと、きみはかまわないんだから！」

「だから言ったでしょ。今はそんなふうに思っていないって」ブレナは訴えるように彼を見た。

「またどうして考えが変わったんだい？」

「グラントに非難されたとき、あなたの態度を見てすぐにわかったの。わたしがまちがっていたって。あなたは……」

「きみを愛していたよ」ネイサンが自嘲的にあとを続けた。「だが、ブレナ、ぼくがきょう何を学んだかわかるかい？　愛は生まれるときと同じように、あっという間に死ぬこともあるんだよ。まして、軽《けい》蔑《べつ》や嫌悪に変わるのは驚くほど早いんだ」

「やめてちょうだい」ブレナはすすり泣き、とぎれとぎれに言った。「悪かったわ。わたしがまちがっていたの……」

「まるで、すべて終わったような言いかたをするね。これからぼくと結婚するっていうのに。ただし、きみには名前だけの妻になってもらう。きみの持っている牧場の四分の一さえもらえば、あとは何もほしくないんでね」さらに、ブレナのおびえた目に気づいて警告した。「もし、また逃げ出そうなどとしたら、きみが降参するまで愛してやる。祭壇の前に立って、誓いのことばを言うしかなくなるまで！　ブレナ、今度こそぼくと結婚するんだ、必ずだぞ」ネイサンはものすごい形相で言い渡し、荒々しく部屋を出ていった。

ブレナは心に痛手を受け、ネイサンの今の心境も、彼がなぜこんなふるまいをするのかも、考えることができなかった。ネイサンはずっと愛していてくれたのだ。だのに、その愛に泥をぬるようなまねをしてしまった。

ネイサンに怒りをぶつけられるまでもなく、彼の愛を失ったことはわかっていた。グラントの話を聞いた彼のようすで気がついた。ああ、わたしはなんてばかだったのだろう。たがいに愛しあっていながら、それを信じなかったばかりに、どれだけ大切なものを失ったことか。

「結婚しないつもりなんでしょう?」レスリーが部屋に入ってきて、悲しそうに言った。「こんなことになっては、ネイサンと結婚するわけにはいかないわね」

「まあ、レスリー。わたし……」

「いいのよ」レスリーはぎゅっと妹を抱きしめた。

「グラントときたら、まったく短気なんだから。あなたのせいじゃないって言ったのに」

「手紙には書かなかったかもしれないけど、ずっとそう思ってきたんですもの」ブレナはしゃがれ声で言うと、ほおの涙をぬぐった。「グラントは急にお姉さんと結婚すると言いだしたでしょ。それからパトリックが亡くなって、わたしたち四人に牧場を残したことがわかったから……」

「わたしね、きょうパトリックの遺言状を見てみたの。遺言の日づけは、グラントとわたしが結婚するほんの一週間前だったわ。あんな手紙を信じるなんて、まったくどうかしていたのね」

「じゃあ、グラントは……」

「わたしにプロポーズしたときは、遺言のことは何も知らなかったはずよ」

「よかったわ」ブレナが熱っぽく言った。

「たとえ遺言状の日づけが、彼に結婚を申し込まれた日だったとしても同じことだわ。わたしはグラントを愛しているし、長年いっしょに暮らして、彼に愛されていることもわかっていたの。妊娠して、おなかの大きな姿に自信をなくしていなかったら、あんな手紙なんか気にしなかったはずよ」レスリーは自分のだまされやすさに嘆息した。

「でも、わからないわ。お姉さんが誤解するようなことを手紙に書いたかしら」ブレナは眉根を寄せる。「あなたの手紙に、そんなこと書いてなかったわ」

レスリーはためらわずに首を横に振った。

「けど、グラントが言っていたわ……」

レスリーが残念そうに説明した。「わたしの家出の原因を知って、彼はひどく腹を立ててしまったの。それで、ものをまっすぐに見られなかったのね。あなたが匿名で手紙をよこすはずがないのに……」

「匿名ですって？　家出の原因は、わたしの書いた手紙じゃないのね？」

「グラントは話さなかったの？　その手紙はタイプされたもので、署名がなかったのよ」

「知らなかったわ」ブレナはゆっくりと首を振った。さまざまな思いがどっと押し寄せてくる。「その手紙を見せてもらえるかしら？」

「もちろんよ。とってくるわ」


ブレナは、その手紙を見たいと同時に見たくなくもあった。署名がなかったことで彼女の無実は証明されたが、だからこそ、これから知ることが恐ろしかったのだ。

「これがそうなの」レスリーが戻ってきて一枚の紙をブレナに渡す。

すばやく目を通して、ブレナは体から力が抜けるのを感じた。手紙の文句はかねて承知している。胸が悪くなるほどよく知っているせりふだ！

「封筒はどこにあるの？」ブレナは唐突に尋ねた。その手は手紙をしっかりとつかんでいる。

レスリーは肩をすくめた。「捨ててしまったわ」

「でも、封筒の消印を見れば、さし出し人の見当もついたはずよ」

「そうは思わないわ。ロンドンは広すぎるもの」

ロンドン。それさえわかればよかった。この手紙のさし出し人は、ブレナの信じきっていた人物だ。

10

「きみが出ていくのを手伝ったことが知れたら、ぼくはネイサンにどんな目にあわされることか」グラントは空港でブレナのかたわらに立ち、しかめっつらをしていた。「本当なら、となりのホテルにきみが泊まっていないか調べているところなんだ。きみを飛行機に乗せる手伝いじゃなくてね!」

「それじゃ、あなたもネイサンから逃げ出したほうがいいんじゃない?」二人は搭乗ゲートのそばで、ブレナの乗る便がアナウンスされるのを待っていた。

グラントは心配そうにブレナを見る。「これでいいのかな? ネイサンは二度目は黙っていないからね。必ずきみを追いかけていくよ」

「ロンドンに長くいるつもりはないの。ちゃんと帰ってくるわ」

グラントは吐息をもらした。「もし、ネイサンに先を越されなければね。こうして無事に空港にいられるのも、ネイサンがきみはあしたの便で発《た》つと思っているからさ。きみが最初に予約したロンドン行きでね」

というのも、あしたの便の予約をそのままにしてあるからだ。しかし、今夜のトロント行きに席がとれたので、ブレナはトロント経由でイギリスに向かうことにした。この変更は、ブレナが牧場を出てきたときにはわかっていなかったため、ネイサンは彼女を追いかけてカルガリー中のホテルやモーテルをさがし回っている。

そのあいだに、グラントはブレナを空港まで連れてきたものの、こんなふうに兄をだますことに後ろめたさを感じていた。

ブレナがきっぱりと言った。「どうしてもロンドンに行かなきゃならないのよ」

「ねえ、さっきはぼくもかんしゃくを起こしたけど、謝ったはずだよ。本気できみに出ていけと言ったわけじゃないんだ」

「そのせいでロンドンに行くんじゃないの。謝ってくれてとてもうれしかったわ」

「うん」とグラントは恥ずかしそうな顔をする。「あんなことを言うんじゃなかったよ。またネイサンとの仲がこじれてしまって、すまないと思っているんだ」

「どっちみち、ネイサンとわたしはうまくいかないのよ」ブレナはため息まじりに言った。

「兄さんも今は怒っているけど、落ち着けばきみを思う気持に変わりはないはずさ。いまいましいな。もし、ネイサンが最初にきみと結婚したいと言ったときに実現していたら、レスリーとぼくは先を越されていたのに！　父さんがネイサンを説得したんだよ。結婚を申し込むのは、きみを大学に行かせてからにしろって」

「知らなかったわ」ブレナは驚いて目を丸くした。

グラントが冷やかす。「知っていたら大学には行かなかったんじゃないの。あのころだってきみはネイサンを愛していたし、結婚を申し込まれたらいやとは言わなかったはずさ」

もしそうなっていたら、四年間もネイサンへの愛を押し殺して、苦しむこともなかったのだろうか。

「父さんとアンナは、まずきみを大学に行かせるべきだと思ったんだよ」グラントがつけ加えた。

「お母さんもわたしたちのことを知っていたの？」

グラントはかすかに笑みを浮かべた。「ぼくがレスリーに恋をして、ネイサンがきみに恋をする。これは最初から決まっていたようなものさ。もちろん、ネイサンとぼくは、きみたちが大人になるのを待たなきゃならなかったけど、きみたち姉妹のことを忘れたことはなかったんだ。ぼくはネイサンほど辛抱できなくて、レスリーが弁護士の勉強を始める前に結婚した！　去年の復活祭のときには、きみとネイサンの仲が接近したんで、すべてうまくいくものと思っていたよ。だのに、きみが帰ってこなかったものだから、ネイサンは自分の殻に閉じこもってしまってね」グラントは思い出して頭を振った。「みんな途方に暮れたよ。でも、ネイサンはきみの決めたことだからあとは追わないと言うし、レスリーから、きみは手紙でさえネイサンのことにふれたがらないと聞かされた」

なぜなら、ブレナの心は毒されていたからだ。故意に、そして、ひどく巧妙に。

けれど、グラントにそのことを話すわけにはいかなかった。ブレナ自身、事情をのみこむのに時間が必要だったのだ。そして、真相をはっきりさせるためには、ロンドンまで飛ばなければならない。あした、ブレナは本当の敵と対面し、事実を知ることになるだろう。

「グラント、もうすんだことよ」

グラントは首を左右に振った。「ネイサンはなんとしてもきみをさがし出すよ」

「そして、わたしと結婚すると言うのね」ブレナはうなずく。「わたしも牧場に帰ってくるつもりよ。でも、結婚なんてありえないわ。どちらにとっても自殺行為ですもの！」

「きみたち二人のあいだに誤解があるのはわかるけど……ちぇっ」ブレナの乗る便がアナウンスされ、グラントは不満の声をあげた。「帰ってくるね？」

「ええ。でも、ネイサンは決して許してくれないわ。彼をとがめることはできないけど」

「帰るときは電話してくれ」グラントがブレナを固く抱きしめる。「いいね？」

ブレナはゆっくりうなずいた。「約束するわ」

グラントは肩をすくめた。今は彼女のことばを信じるしかない。ブレナがゲートを通る前にちらっと振り返ったので、グラントは手を上げて別れのあいさつをした。

トロント便はいつもより時間がかかったように思え、トロントの空港で乗り継ぎを待っていると、さらに時間がたつのがのろく感じられる。ようやくロンドンに向かう飛行機に乗ったころには、ブレナの顔は青ざめて目も落ちくぼんでいた。

ブレナはアパートに着くと、シャワーを浴びて着替えをすませ、急いで郵便物に目を通す。大半は無視したが、キャロリンがニューヨークからくれたはがきを見たときは微笑し、出版社が物語とさし絵をほめてよこした手紙にはほっと胸をなでおろした。

ブレナはざっと服装を点検してアパートを出た。

この二十四時間のあいだに、ずいぶん大人になった気がする。なにしろ、愛していた人物に幻滅し、憤りを感じるまでになったのだから。

彼はいつものテーブルにいた。食事をしながら新聞を前に広げ、肘のところに水のグラスがおいてある。しかし、ブレナはいつもとちがって、少しもほのぼのとした気持になれなかった。

近づいても彼はブレナに気がつかない。ブレナは彼のハンサムな顔を見つめ、一瞬、自分の思いちがいだったかと思った。だが、そんなはずはないと思い直し、まばたきをして涙を払うと、挑むように背すじをのばす。

「こんにちは、お父さん」

アンドリュー・ジョーダンの目に驚きの色が浮かび、うれしそうな笑顔に変わった。「これはこれは。思いがけなかったよ、うれしいねえ！」

「そう？」ブレナは苦々しく言った。自分は父のことを本当にわかっていたのだろうか。それとも、ほんの一面だけしか知らなかったのか。ブレナはあとのほうが正しいと思った。

「もちろんだよ」アンドリューは立ち上がり、娘のために椅子を引いてやる。ブレナはぎこちなく腰をおろした。「レスリーのほうはうまくいったのかな?」と明るい声で尋ねた。

ブレナは父親に冷たい目を向ける。父親はいつもと変わらないようすだ。まだ四十八歳なのに、のんきそうな顔には、放蕩《ほうとう》のせいで目もとにしわが刻まれている。たしかに、以前と変わらないようすだわ。でも、父に以前のような愛情を感じることは二度とないだろう。

「すべてうまくいったと答えたら、がっかりなさるかしら?」ブレナの目は厳しかった。

アンドリューはわずかに目を細めたが、それ以外に表情は変えない。「どうも誤解しているようだね、ダーリン? わたしは……」

「ダーリンなんて呼ばないで。誤解なんかしていないわ。さあ、どうしてあんなことをしたのか説明してください」

「わたしが何をしたって言うんだい?」父親は当惑した声でごまかそうとした。

お父さんは四年前にわたしと再会したとき、なぜ故意にウェイド家と仲たがいをさせようとしたの? なぜ、ネイサンの目あては牧場だと吹きこみ、彼の愛情を疑うようにしむけたの? なぜあの手紙を書いて、レスリーの結婚生活をこわそうとしたの? どれも娘のためを思ってしたことではないはずだ。それはブレナにもよくわかっていた。

ブレナは父親に嫌悪の目を向ける。「わたしをだますのは、さぞ簡単だったでしょうね。四年前にイギリスに来たとき、わたしはネイサンとの恋に少し臆病《おくびょう》になっていたし、パトリックにも初めて会ったときから畏怖《いふ》の念を持っていたわ。パトリックの断固としたやりかたに圧倒されたせいよ……」

「おまえの母親を手に入れたやりかたさ」アンドリューは荒々しく非難した。「わたしたちは幸せな結婚生活を送っていたのに……」

「いいえ、みじめな結婚生活だったわ。お父さんがめったに家にいなかったことは、わたしだって覚えています！」

「それは、パトリック・ウェイドに無理やり追い出されたからだ。そのせいでわたしが酒を飲み始め、家に帰らなかったことは知っているじゃないか」

ブレナは目を細めて父親を見た。「みんなお父さんに聞かされたことだわ。パトリックとお母さんは長いつきあいだったけど、パトリックに病気の妻がいたから離婚できずにいたって」

「ブレナ、どうしてそんな態度をとるんだね？」

「お父さんがレスリーに出した手紙を見たのよ」ブレナは怒りに燃えて手紙の一節を引用した。「〝ウェイド一族は、自分のほしいものを手に入れるためなら、平気で他人を利用する〟〝グラントは牧場を手放したくなかったから、おまえと結婚したのだ。おまえが牧場の四分の一を持っていなかったら、グラントに捨てられたって不思議はない〟どれも耳慣れた文句だわ。お父さんから繰り返し聞かされてきたこととそっくりよ！」

「あのおばかさんが手紙をとっておくとは思わなかったよ」アンドリューはうんざりしたように言った。

「レスリーが手紙を読んだら、悲しみのあまり捨ててしまうと思ったのね。手紙は捨てても、その文面がレスリーの心をむしばんで、グラントへの愛を滅ぼしてしまうと考えたのでしょう。わたしのネイサンへの愛情が、少しずつむしばまれていったように。ところが、レスリーは手紙を処分しないでとっておいたのよ。わたしは読んだとたん、だれが書いたものかわかったわ！」

「よかろう」アンドリューは開き直った。「レスリーに手紙を書いたのはわたしだ。娘を守ろうとしてどこが悪い！」

なんということだろう。こんな男に四年間もだまされていたなんて。パトリックのせいで酒におぼれるようになったと言われ、真に受けてしまったのだ。この男は言った、パトリックとブレナの母親が恋に落ちたために、自分は家庭から締め出されるはめになったと。そして、妻に離婚されたあとも、二人の娘を手もとにおこうとしたが、パトリック・ウェイドが裁判に持ちこみ、娘たちの父親である自分を酒飲みで父親失格だと訴えた。しかもパトリックは、勝手にアンドリューの銀行口座に金を振りこんできた。その金で、アンドリューが死ぬほど酒を飲むだろうと知りながら。

しかし、ブレナにもわかってきた。父親のレスリーに対する仕打ちを知って、父親がどんなに事実をゆがめて話してきたか。おそらくブレナの母親は、夫の飲酒が原因でパトリックに心を移したのだろう。そして父親は、娘の養育権をめぐる訴訟をとりさげる代償として、金を要求したにちがいない。こう考えたほうが事実に近いと、ブレナは感じた。母親とウェイド家の人々を誤解したことがくやまれた。

ブレナは疲れはてたように吐息をもらす。「当時、本当は何があったの？」

「言っただろう……」

「今度は真実を話してちょうだい！」

「ぼくもぜひ聞きたいな！」冷ややかな怒りの声にブレナははっとし、振り返ると、後ろのテーブルにネイサンがいた。いつからあの席にいたのだろう？ ネイサンの目的は何かしら？ どうやってここまで来たの？

「なんだと……」アンドリューはネイサンをにらみつけた。自分とブレナのあいだにすわった若い男に目をこらし、にくにくしげに歯がみして言った。

「ウェイド一族だな！」

ネイサンはぶっきらぼうにうなずく。「そのとおり。あなたのかたきのね」ネイサンはブレナに注意を向け、そわそわと落ち着かなげに動いていた彼女の手を握りしめた。「心配しなくていいよ。事情はわかったから」

ネイサンの険しい顔をブレナはむさぼるように見つめた。グラントが言ったようにネイサンはあとを追ってきたけれど、それは怒りのためなのか、それとも愛情からなのか？

ネイサンは彼女の手をぎゅっと握りしめ、自分より年長の男に有無を言わせぬ冷たい目を向ける。

「当時何があったか話してくれるところでしたね。もっとも、あなたの目から見ての話だろうが」

アンドリュー・ジョーダンは怒って顔を赤くした。

「きみの知ったことじゃない……」

「自分の家族を中傷されて、黙っているわけにはいきませんね。しかも、ブレナはぼくの妻になる人だ。二重の意味でひとごとじゃない」

ブレナの父親はかっとなった。「娘はウェイド一族なんかと結婚するものか。娘は……」

「ブレナ？」ネイサンが穏やかにうながした。

ブレナはこらえきれずにネイサンの目を見返し、そこに激しい愛を認めて胸が熱くなった。発作的に彼の指に自分の指をからませる。これもグラントの言ったとおりだわ。落ち着きさえすれば、ネイサンの気持に変わりはなかった！

父親のほうを向いたブレナの目は、きらきらと輝いている。「この人と結婚します。わたしのほうから頭を下げても」

「おまえ！　この男はウェイド一族なんだぞ」

「わかっているわ」ブレナは幸せそうにうなずいた。

「なんてことだ、おまえは……」

「言うまでもないと思うが、あなたを結婚式に招待するつもりはありませんから」ネイサンが冷ややかに口をはさんだ。

「許さんぞ、結婚だなんてとんでもない……」

「だから、ぼくらの結婚式には来ていただかなくてけっこう!」ネイサンは歯をきしらせ、それからブレナに向かって穏やかに言った。「きみもぼくも、頭を下げることなんてないんだよ。きみのお父さんが人をおとしいれるようなうそさえつかなければ、とっくに結婚していたんだからね」

「うそだと!」アンドリューがかっとなって言った。

「パトリック・ウェイドは……」

「ぼくの父は、母が死んだずっとあとまで、別の女性に目を向けたことはなかった」ネイサンは歯のあいだから声を絞り出した。グレーの上着と黒のズボンを着た体が緊張し、白いシャツから胸もとがのぞいている。「したがって、父にアンナをとられたせいで酒を飲み始めたという理屈は通らない!」

「パトリックとアンナは……」

「ぼくの母が亡くなった二年後に知りあったんだ。アンナもすでにあなたとは離婚していた! もっとも、あなたはちがう話をしていたようだな」ブレナが息をのむ音を聞いて、ネイサンは目を細めた。

「そうだろう、ブレナ?」

彼女はぐっと息を吸いこむ。「わたしが聞かされたのは……わたしが聞かされたのは……」

「あわてなくていいよ」ネイサンが優しく言った。

「時間ならたっぷりある」最後のせりふはアンドリューへの脅しだった。

「父から聞いた話はこうよ。パトリックとわたしの母は、わたしがまだ赤んぼうだったときに恋に落ちたけど、パトリックが離婚しなかったから、母は世間体のために父と別れずにいたって。父はそのせいでお酒を飲むようになったと言ったわ」

「ああ、ブレナ」ネイサンは彼女に同情し、アンドリューのほうを向いて非難した。「なんて卑怯《ひきょう》な男なんだ！　ブレナはそのころまだ幼かったから、記憶もごちゃごちゃになりやすい。そこにつけこんだんだろう？　アンナが離婚したとき、ブレナは小さすぎて父親がどんな人間かわからなかった。実際は、酒におぼれて暴力をふるう男だったのに……」

「黙れ！　アンナは浮気したんだ……」

ネイサンが厳しい口調で言った。「アンナは離婚するまで別の男に目を向けたことはない。あなたは酒におぼれたのを彼女の浮気のせいにしているが、そんなのはでたらめで責任は自分自身にあるんだ。あなたは妻や子どもに暴力をふるったうえ……」

「わたしはブレナに手を上げたことなどないぞ。ブレナ、この男に言ってやれ」

ブレナは二人のやりとりを聞いて呆然《ぼうぜん》とし、口をきくことができなかった。子どものころから、父親を無責任なところもあるが、家族思いの人だと信じてきた。だが、父親の新しい面を耳にしたのだ。きのう初めて気づき始めた父親のみにくい一面を。

「レスリーの記憶はちがうようだ。あなたがどんな父親か、ブレナも最後には気がつくだろう」ネイサンはブレナに優しい目を向ける。「きみたちがイギリスを離れたあと、レスリーはどうしてお父さんとよりを戻さなかったと思う？」

「それは考えたこともなかったわ。再会した父はとてもすてきな人に見えたのよ。だからわたし……ああ、わからないわ」ブレナは頭を振った。

「きみがイギリスに戻ってからは、お父さんは正体を知られまいとしたにちがいない」ネイサンは厳しい顔つきだった。「ぼくが遠慮したばかりに、きみとカルガリーの家とのあいだが疎遠になって、きみはイギリスで自分の生活を築くまでになった。レスリーの件でこっちに来るまで、きみがお父さんと再会していたとは思いもよらなかったよ」ネイサンの口がきゅっと結ばれた。「あのとき、だれが黒幕か気づくべきだった。しかし、きみにお父さんは変わったと言われて、信じたいと思ったんだ。きみのためにね」

ブレナは首を横に振った。「あなたのおっしゃったとおりだわ。父は病気よ。父は……」

「おまえはこの男にだまされているんだ。アンナがこの男の父親にだまされたようにな」アンドリューがあざけるように言った。「アンナとパトリックは、わたしから娘たちをとり上げ、頼みもしないのに金をよこしたんだぞ……」

ネイサンが語気を強める。「アンナはあなたをレスリーとブレナに近づけたくなかったんだ。そして、あの金はアルコール中毒の治療費と、仕事が見つかるまでの生活費として送ったものだ。もっとも、あなたは別のつかいかたをしたらしいが！」

アンドリューは真っ赤になった。「なんと言おうと、きみの父親はわたしを買収しようとしたんだ」

「あなたが生活を立て直すためにあげた金だ。だいいち、父はアンナのためにそうしたんで、あなたがどうなろうと、父個人としてはちっともかまわなかったのさ！　ぼくも同じだがね」

「きさま……」

「レストランの中であろうと、きさま呼ばわりするなら、床にはいつくばってもらうぞ！」

アンドリューは青ざめた。「ウェイド一族の力を見せつけようと言うんだな！　まったく、似合いのカップルができたものだ。レスリーとグラントに、きみとブレナとは」

ブレナは苦痛に満ちた目で父親を見た。「なぜレスリーとわたしを傷つけたのかわからないわ。わたしたちがお父さんに何をしたと言うの？」

「何もしないさ」父親は、神経を逆なでするような声で言った。「だが、アンナとパトリックは死んでもういない。おまえたちならぴんぴんしているからな！」

あまりの悪意にブレナは大きく息をのんだ。「じゃあ去年の夏、死ぬかもしれないと言ったのは？」「だれだっていつかは死ぬものじゃないかね？」ブレナがひるむのを見て、耳ざわりな笑い声をたてる。「おまえがウェイドの息子に惹《ひ》かれているのに気づいたんだよ。それで、復活祭の休暇中に何かあったとにらんだわけだ。ウェイド一族は、いったん愛を告白したらあきらめないからな」

「だから、医者に行ったとつくり話をしたのね。あと二年の命だなんて、でたらめだったんだわ！」ブレナは声を詰まらせた。父親がパトリックに妻をとられてアルコール中毒になり、そのあげく命まで失いかけていると聞かされ、どんな気持がしたことか。そのときブレナは、もうネイサンのところには帰れないと悟ったのだ。だが、すべてはうそだった。

「そのとおり」アンドリューは満足そうに認めた。

ネイサンが嫌悪をこめて言う。「胸がむかつくよ。ブレナとレスリーは自分の娘じゃないか！」

アンドリューの口もとがゆがんだ。「ブレナには、パトリックが実の父かもしれないとほのめかしておいた」彼はおもしろがってにっこりする。「それが本当なら、今ごろ愉快だったろうねえ？」

ネイサンは歯を食いしばり、あごがぴくぴくとけいれんした。「正気のさたじゃない。だが、うそをつくのもこれまでだ。今度ブレナに近づいたら、ただじゃすまないからな！」

アンドリューはため息をついた。「ブレナに真実を知られてはどうしようもあるまい。残念だな。だませているうちはおもしろかったのに」

これが父のことばだろうか。ブレナは信じられない思いだった。父にウェイド一族の悪口を吹きこまれ、一時はウェイド家の人々をうとましく思ったこともある。ところが、ブレナの父親こそ自分勝手で思いやりがなく、他人を傷つけることしか考えられない男だった。ブレナの傷つきやすさを、人をおとしいれるための道具として使ったのだ。ああ、パトリックの遺言に当惑したことまで父に打ち明け、またとない武器を与えてしまった。父親はブレナの愛している人たちを傷つけたくて、彼女を利用したのだ。

「さあ、ブレナ。失礼しよう」ネイサンが彼女の腕をとって立ち上がった。

ブレナはネイサンに従って二、三歩歩いたが、立ち止まると腕を振りほどき、父親に近づいて手を振り上げた。そして心の痛みと嫌悪のすべてをこめて父親を打った。「あなたには興味ないでしょうけど、孫娘が生まれたのよ。その子の名前はクリスティアーナ・ウェイド。あと八カ月すれば、もうひとり孫ができるわ——その子もウェイドを名乗るはずよ！だけど、孫たちには絶対に会わせませんから」

ブレナは背を向け、ネイサンといっしょにレストランを出る。ほかの客のあっけにとられた顔など目に入らなかった。

タクシーに乗ると、ブレナはネイサンの胸にすがってむせび泣いた。体を震わせ、声を押し殺して。ネイサンは彼女を放すまいとするように抱きしめた。

「父親になると告げられる場面を想像したことがあるけど、あんなふうに知らされるとはね。劇的だったにはちがいないが……子どもができたというのは本当だね？」

「病院には行っていないけど、まちがいないと思うわ」ブレナはうなずき、ネイサンにしがみつく。

「もしそうじゃないとしても、子どもならすぐにできるさ」

「こんなことがあったのに、どうしてわたしのこと

「あなたにわかるはずがないわ……」

「ぼくは思い出せるかぎり昔からきみを愛していた。きみの変化にもっと気を配ればよかったんだ」

ブレナは身を震わせた。「父が言ったのよ。パトリックに買収されたんだって。そして、グラントは牧場を一族のものにしておくためにレスリーと結婚したんだって……」

「だから、ぼくも同じことをしようとしていると思ったんだね。ウェイド一族は金の力でほしいものを手に入れると、きみが繰り返し言っていたのはそのせいか。父さんはそんなふうに考えていたわけじゃないんだよ。グラントとレスリーの結婚はすでに決まっていたし、ぼくがきみにプロポーズするのも時間の問題だと父さんは知っていた。それに、きみとレスリーを愛していたから、きみたち自身、ある程度自立できるようにしてやりたかったんだ。いいかい、きみときみのお父さんが見落としていたことがことの真相に気づくべきだった」


を愛してくださるの？」ブレナは不安そうに彼を見上げた。

「これまできみを愛し続けてきたんだ。それは、これからだって変わらないさ」

ブレナが眉をひそめる。「カンブリアに訪ねていらしたときは、愛していないとおっしゃったわ」

ネイサンはかぶりを振った。「〝たとえば〟と言ったはずだよ。きみを愛する気持に〝たとえば〟なんてことはありえない。愛していることは昔からはっきりしていたんだから！」

「でも、どうしてわたしを許せて？　父のうそを信じていたのよ」

「アルコール中毒の人間はね、信じられないくらいもっともらしい口をきけるものなんだよ」ネイサンはブレナのこめかみの後れ毛をなでつけ、優しく言った。「それに、ぼくに責任がないとは言えない。ことの真相に気づくべきだった」

ある。レスリーは今でも牧場の四分の一を所有しているし、たとえぼくたちが結婚しても……」

「〝たとえ〟は余計だわ」ブレナが鋭く指摘した。

ネイサンは満足そうに言い直す。「うん、ぼくたちが結婚しても、やはり牧場の四分の一はきみのものなんだ。今は、妻の財産が自動的に夫のものになる時代じゃないのさ！」

「わたしったら、なんてばかだったのかしら」

「ばかじゃないさ。惑わされただけだよ」ネイサンはたしなめ、元気よくつけ加えた。「とにかく、グラントとぼくは、牧場の問題にけりをつけようと思うんだ。きみとレスリーが賛成してくれればね」

ブレナは眉をひそめて彼を見た。「と言うと？」

「牧場を売ろうと思うんだ」

「なんですって？」ブレナはあきれてネイサンを見つめた。本当に牧場を売る気なんだわ！

ネイサンは肩をすくめる。「きのう、きみが姿を消す前にグラントと話しあった結果、きみとレスリーを納得させるには、それしかないということになったんだ。ぼくたちがほしいのはきみたち姉妹で、牧場じゃないってことを……」

「そんなのだめよ！　ウェイド家と牧場は、切っても切れない関係でしょ！」

「しかし、きみは牧場が嫌いなんだし……」

「牧場を手放せとまでは言わないわ！　レスリーだって同じ気持よ」

「レスリーはね」とネイサンがうなずく。「でも、三人が賛成すれば牧場を売ることもできるよ。きみは……」

「反対よ」

「屠場《とじょう》に送られる子牛のことはかまわないの？」

「うーん」ブレナは眉を寄せた。

「実は、こっちに来る飛行機の中で、もう一つの方法を思いついたんだ」

ブレナの目に苦悩の色が浮かんだ。「お願いよ、結婚しないことだなんて言わないで！」

「そんなこと言うものか」ネイサンは激しい口調で断言し、ブレナに回した両腕に力をこめた。「カルガリーに帰りしだい式を挙げよう。それで思い出したよ、きみは二度と逃げ出さないと約束したのに……」

「帰るつもりだったわ」ブレナはすばやく口をはさんだ。「どうしても父に会わなきゃならなかったの。でも、あなたはどうしてこんなに早く来られたのかしら？」

ネイサンが平然として言った。「きみと同じ飛行機に乗って、あとをつけてきたからさ。レスリーがわけを話してくれてね。間一髪で同じ便に乗れたんだ！　レスリーからきみがロンドンに行く気だと聞いて、ぴんときたんだよ。きみは何も言わなかったけど、あの手紙について何か知っているにちがいないとね。だから、レストランまであとをつけていったというわけさ」

「よかった、追いかけてきてくれて！」ブレナはネイサンに体を押しつけた。

「もう一つの解決法を聞きたいかい、それとも、タクシーのバックシートで愛しあったほうがいいかな？」ネイサンが間のびした口調で尋ねる。

ブレナはぼうっとしてまわりを見回した。「アパートに行ってから愛しあいたいわ」

タクシーが彼女のアパートの前で止まった。

「望むところだ」ネイサンは運転手に料金を払うと、ブレナに続いて建物の中に入る。彼はブレナを寝室に運びながらささやいた。「うんとゆっくりだよ。きみのお父さんのことはあとで話そう」

ブレナは父親のことを言われて身震いした。「ずっとあとにしましょう」彼女はベッドの上にネイサンを引き寄せる。

「牧場の問題のほうはどうするの？」ネイサンは情熱にかげった目でブレナを見おろし、急いで彼の服を脱がせるブレナをからかった。

「あなたといっしょなら、どこで暮らそうとかまわないわ」ブレナは激しくネイサンを抱き寄せた。


「まだ乗馬は無理よ」ブレナは柵《さく》に腰かけて、囲いの中の二人を心配そうに見ている。

「平気さ！」ネイサンは息子を馬の背に乗せてやりながら、誇らしげに歯を見せて笑った。

クリスティアーナが生まれた日から数えて約九カ月後、パトリック・ネイサン・ウェイドは、大声で泣き叫びながらこの世に誕生した。その数秒後に、ネイサンは自分にそっくりな息子を腕に抱き、見上げたブレナは誇らしい喜びを感じたのだった。

けれど、これはブレナも予想していなかった。まだ歩けない生後九カ月の子どもを、サムソンの背にまたがらせるなんて！

「やきもきすることないわ」キャロリンはブレナと並んで柵に腰かけていた。キャロリンのはいているデザイナー・ジーンズは、わずかなほこりも寄せつけないといった感じだ。彼女の左手には金の結婚指輪が輝いている。「パトリックはご満悦だもの！」

笑い声をあげているパトリックを見れば、それはまちがいなかった。黒い巻き毛を躍らせ、グレーの目もはしゃいでいる。小さな丸々とした手で手綱にしがみつき、父親がちゃんと支えてくれると信じきっているようすだ。

ブレナは心配を振り払って、満足そうに二人を見守った。ネイサンのもう一つの解決法とは、牧場を二つにわけることだった。グラントとレスリーは今までどおり牛の飼育をし、ネイサンとブレナは馬の飼育へと事業を拡大した。馬の飼育はネイサンが以前から関心を持っていたことであり、最初の一年間を見ただけで成功まちがいなしだ。

「いいぞ、カウボーイ！」ニックも仲間に加わってはやし立てた。

ブレナはこわい目をしてニックを見る。「あなたはパトリックの名づけ親でしょ！」

ニックはにやりとしてブレナを見上げた。「パトリックが二歳になるころには、父親と同じくらい上手に馬に乗れるだろうね！」

「自分の子どもを持ってごらんなさい、あなただっておろおろすることになるんだから！」

ニックは妻のひざに手をおいた。「ぼくとキャロリンはまだ子づくりの最中でね」

キャロリンが幸せそうに笑った。「ところが、うちもそろそろらしいのよ！」

ニックのあっけにとられた表情に、ネイサンは笑いながらみんなのところにやってきた。パトリックは安心しきってネイサンの腕に抱かれている。

「ほら」ネイサンはニックに息子を渡した。「おむつを替えなきゃいけないんだ。きみも練習しておくほうがいいぞ！」

「けど、ぼくは……しかし……キャロリン！」

キャロリンは柵から飛びおりた。「そんなにびっくりした顔をしないで、ダーリン。この三カ月間、二人ですてきなときを過ごしてきたのに！」

「それはそうだけど……もう少し人のいないところで話してくれてもよさそうなものだ」ニックとキャロリンは、パトリックを連れて平屋づくりの母屋に向かう。「ぼくが気絶でもしたら、きみだって物笑いの種だぞ」

「それはお産のときでしょ、おばかさんね」キャロリンは夫からパトリックをとり上げた。

「なんだか気分が悪くなってきたよ。キャロリン、きみって人は……」

ニックたちが家の中に姿を消すと、ネイサンはくすくす笑った。彼の腕はブレナの肩に回されている。

「ニックは一生ひやひやしどおしだろうな！」

「ええ」とブレナはほほえみ、愛する夫を見上げる。

ブレナの瞳に欲望を読みとり、ネイサンの目が黒みを増した。「ぼくがうまいのは、息子のあつかいかただけじゃないことを証明しようか」

「三十分したら、お客さまが見えるのよ」彼に抱き上げられてブレナが言った。ネイサンはかまわずに大またに家に向かう。

「客といったって、グラントとレスリーだろう。あの二人なら、夕食に招かれて自分たちだけで食事するのに慣れているよ」

ネイサンとブレナは、思い出して笑顔をかわしあう。ブレナがパトリックを出産したあと、医師から健康状態を保証されたその日のことだった。レスリーとグラントは、招かれていた夕食にやってきて家政婦に出迎えられ、食事をすませ、パトリックをほめそやしたが、そのあいだ中、ブレナとネイサンはちらりとも姿を見せなかったのだ。二人は再び肉体的に近づける喜びに、すべてを忘れていたから。数日後まで、自分たちのしたことに気づきもしなかった。

「それに、ぼくたちも子づくりの最中だろう？」とネイサンがかすれた声で言った。

そろそろ、パトリックに弟か妹ができてもいいころだと話しあっていたからだ。ブレナはつわりに苦しむこともなく、お産も軽かったので、あと二人か三人子どもがほしいと考えていた。

ブレナは頭を振った。「もう何も望むことはないわ」

二人はベッドに横たわり、ブレナはネイサンを自分の上に引き寄せた。もはや過去を乗り越え、どんな障害も克服できるほど愛しあっている二人だ。二度と離れることはない。

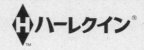

ハーレクイン・ロマンス　1987 年 11 月刊（R-569）

ウェイド一族

2025 年 1 月 5 日発行

著　　者	キャロル・モーティマー
訳　　者	鈴木のえ（すずき　のえ）
発 行 人	鈴木幸辰
発 行 所	株式会社ハーパーコリンズ・ジャパン 東京都千代田区大手町 1-5-1 電話 04-2951-2000（注文） 0570-008091（読者ｻｰﾋﾞｽ係）
印刷・製本	大日本印刷株式会社 東京都新宿区市谷加賀町 1-1-1
表紙写真	© Alena Kratovich ｜ Dreamstime.com

ISBN978-4-596-71895-2 C0297

ハーレクイン・シリーズ 1月5日刊 発売中

ハーレクイン・ロマンス

愛の激しさを知る

秘書から完璧上司への贈り物 **《純潔のシンデレラ》**	ミリー・アダムズ／雪美月志音 訳	R-3933
ダイヤモンドの一夜の愛し子 **〈エーゲ海の富豪兄弟 I〉**	リン・グレアム／岬　一花 訳	R-3934
青ざめた蘭 **《伝説の名作選》**	アン・メイザー／山本みと 訳	R-3935
魅入られた美女 **《伝説の名作選》**	サラ・モーガン／みゆき寿々 訳	R-3936

ハーレクイン・イマージュ

ピュアな思いに満たされる

小さな天使の父の記憶を	アンドレア・ローレンス／泉　智子 訳	I-2833
瞳の中の楽園 **《至福の名作選》**	レベッカ・ウインターズ／片山真紀 訳	I-2834

ハーレクイン・マスターピース

世界に愛された作家たち
～永久不滅の銘作コレクション～

新コレクション、開幕！

ウェイド一族 **《キャロル・モーティマー・コレクション》**	キャロル・モーティマー／鈴木のえ 訳	MP-109

ハーレクイン・ヒストリカル・スペシャル

華やかなりし時代へ誘う

公爵に恋した空色のシンデレラ	ブロンウィン・スコット／琴葉かいら 訳	PHS-342
放蕩富豪と醜いあひるの子	ヘレン・ディクソン／飯原裕美 訳	PHS-343

ハーレクイン・プレゼンツ作家シリーズ別冊

魅惑のテーマが光る
極上セレクション

イタリア富豪の不幸な妻	アビー・グリーン／藤村華奈美 訳	PB-400

※予告なく発売日・刊行タイトルが変更になる場合がございます。ご了承ください。

今月のハーレクイン文庫

12月刊 好評発売中!

Harlequin 45th Anniversary

帯は1年間"決め台詞"!

珠玉の名作本棚

「小さな奇跡は公爵のために」
レベッカ・ウインターズ

湖畔の城に住む美しき次期公爵ランスに財産狙いと疑われたアンドレア。だが体調を崩して野に倒れていたところを彼に救われ、病院で妊娠が判明。すると彼に求婚され…。

(初版:I-1966「湖の騎士」改題)

「運命の夜が明けて」
シャロン・サラ

癒やしの作家の短編集! 孤独なウエイトレスとキラースマイルの大富豪の予期せぬ妊娠物語、目覚めたら見知らぬ美男の妻になっていたヒロインの予期せぬ結婚物語を収録。

(初版:SB-5,L-1164)

「億万長者の残酷な嘘」
キム・ローレンス

仕事でギリシアの島を訪れたエンジェルは、島の所有者アレックスに紹介され驚く。6年前、純潔を捧げた翌朝、既婚者だと告げて去った男——彼女の娘の父親だった!

(初版:R-3020)

「聖夜に降る奇跡」
サラ・モーガン

クリスマスに完璧な男性に求婚されると自称占い師に予言された看護師ラーラ。魅惑の医師クリスチャンが離婚して子どもの世話に難儀していると知り、子守りを買って出ると…?

(初版:I-2249)